KB209781

네모 쇼핑센터

네모 쇼핑센터

강 애 영

단편소설집

실천문학

차례

5번의 다이어리

퇴근 직전에 원장에게 붙들렸다. 그는 상담 테이블에 두 장의 이력서를 올려놓고는 대뜸 낮에 본 여선생에 대해 물었다. 심나영은 잘 모른다고 했다. 그러자 원장이 깊은 한숨을 내쉬더니 혼잣말처럼 중얼거렸다.

“경력자는 대부분 애들이 있어서 저녁 시간이 안 되고 신입은 쓸만하면 결혼한다고 그만둘 거란 말이지. 누굴 뽑아야 하나?”

원장은 말끝에 엄지로 턱을 괴고서 심각하게 심나영을 바라보았다. 그건 원장님이 알아서 하시고 용건이 끝났으면 저는 가 볼게요. 그녀는 속으로 중얼거리고 핸드폰 시계를 확인했다. 약속 시간이 십 분 남아 있었다. 지금 뛰어가도 늦은 시간인데 심나영의 속이 타는 줄도 모르고 원장은 다시 이력서를 살폈다. 그러더니 순간 특이점을 발견한 듯 눈을 반짝 빛내고 취조하듯 심나영에게 물었다.

"심 선생, 탑 학원에서 이 년 근무했다고 했죠."

"네, 그런데요?"

"근무 시기가 같아요. 김서연 선생이라고 정말 모르겠어요?"

"모르는 이름인데요? 탑에서는 선생들을 이름 대신 번호로 불렀거든요."

"선생을 번호로 불러요?"

원장은 고개를 살짝 기울이며 믿기지 않는다는 투였다. 엄마도 그랬다. 학원이 좀 이상하다며 어떻게 선생을 번호로 부르냐고 미덥지 않아 했다. 심나영은 그게 어떠냐며 다른 선생들을 번호로 나열했다. 2번, 6번, 7번, 8번, 10번, 이게 이상해? 개인정보 보호 차원에서 더 나은 거 아닌가? 심나영은 괜히 심통이 나서 엄마에게 짜증을 냈다. 그렇다고 탑 원장을 두둔한 건 아니었다. 지금 원장이 이력서를 들고 이름까지 물어보며 신상을 캐는 걸 보니 번호로 부르는 게 확실히 더 나아 보였다.

'그래서요. 그걸 왜 나한테 물어요.'

다시 시간을 살폈다. 지금 가도 지각이었다. 초조한 심나영과는 달리 원장은 여유 있게 반대쪽 이력서를 살피고 있었다. 더 이상 참지 못하고 벌떡 일어선 심나영이 약속이 있다고 했다. 순간 당황한 원장이 손을 내저으며 어서 가보라고 했다.

심나영은 부리나케 학원을 빠져나와 계단으로 뛰다시피 걸었다. 그러고는 일층 올리브영 앞에 멈춰서서 핸드폰으로 버스 앱을 켰다. 336번 도착 시간이 7분 남아 있었다. 빠르게 걸어 정류장에 도착했을 때, 저만치 경사로를 달려온 버스가 정류장에 멈춰 섰다.

늦을 거 같당

버스 뒤쪽에 올라 한 손으로 손잡이를 붙들고 서서 메시지를 올린 심나영은 바로 올라오는 톡을 확인했다.

왜 늦음?

약속에 늦은 적이 없는 송가희가 물었다.

원장 면담

빨리 와

버스는 빠르게 달렸다. 한 손으로 손잡이를 붙들고 선 심나영은 캄캄한 바깥에 점점이 켜진 불빛들을 바라보며 낮에 본 여자를 떠올렸다.

*

오후 네 시경이었다. 낯선 여자가 출입문을 열고 들어와 원장을 찾았다. 마침 안내 데스크에서 늦은 학생에게 톡을 보내던 심나영은 그녀를 원장실로 안내했다. 문고리를 잡은 그녀는 안으로 들어가려다 힐끔 돌아보고는 심나영에게 무언의 눈빛을 보냈다. 뭐지? 심나영은 영문을 몰라 당황했다. 기시감이 느껴지는 눈빛이었는데 기억나지 않았다. 어디서 본 적이 있을까? 혹시 몰라 그녀는 뒤돌아보며 로비에 다른 사람이 있는 건 아닌지 살펴보았다. 아무도 없었다. 마침 지각생이 일 층이라고 문자를 보내와서 심나영은 강의실로 들어갔다. 김서연, 아무리 생각해도 모르는 이름이었다. 심나영은 원장의 채근이 신경 쓰였다. 근무 기간이 몇 개월 모자라는데 이 년이라고 쓴 게 마음에 걸렸다. 아르바이트로 취업해서 전임이 된 것도 구분해야 하나? 그냥 솔직하게 쓸걸, 이제 와 후회가 됐다.

스물셋 가을에 심나영은 탑 학원에서 파트타임으로 취업했다. 전공이 수학이라 단번에 취업은 했으나 수학을 가르치는 일에는 경험이 많지 않아 걱정이 앞섰다. 그나마 장점이 있다면 그녀는 상냥했고 초등부 아이들과 합이 잘 맞았다. 초등부 학부모들 대부분은 아이와 이야기를 많이 나누고 자잘한 것까지 간섭했고 서운하다 싶으면 곧바로 학원 부원장에게 항의 전화를 했다. 다행히도 심나영에게 그런 일은 일어나지 않았는데 그 때문인지 어느 날 탑 원장이 심나영을 따로 불렀다. 중등부도 해 보라는 제안이었다. 말이 제안이지 거의 강요에 가까워서 그녀는 소심하게 알겠다고 대답했다.

6학년이던 아이들이 새 학기가 되어 중1이 되었다. 반을 그대로 안고 가는 줄 알았던 심나영은 학원 전체회의가 있던 날 몹시 당황했다. 탑 원장이 심나영에게 중2, 중3 수업을 맡겼다. 그러면서 알바가 아닌 전임선생을 제안했다. 동네 초등생 몇 명을 지도한 경력이 전부인 심나영은 몹시 당황했다. 그녀가 중2, 3은 자신이 없다고 하자 탑 원장이 버럭 목소리를 높였다.

"3번이 뭘 몰라서 그러는데 아무나 수업을 주는 게 아니야. 좋은 기회라고, 수업을 해야 경험이 쌓이지."

강요에 못 이겨 심나영은 중2, 3 수업에 들어갔다. 교재연구할 시간이 부족했던 그녀는 중3 수업을 하면서 몇 번의 계산 실수를 했다. 그 때문에 부원장의 질타가 이어졌다. 하루는 부원장이 다짜고짜 전화기를 넘겨주며 학부모에게 사과하라고 했다. 이번에도 풀이가 잘 못 됐을까? 잔뜩 주눅이 들어 전화를 받았다. 날카로운 목소리가 들려왔다. 숙제는 안 해오고 수업 시간에는 떠들기를 좋아하는 아이의 어머니였다.

"왜, 우리 아이를 혼내요? 집에서도 안 혼나는데 학원 선생이 다독거려야지, 안 그래요?"

막무가내인 학부모 때문에 심나영은 순간 머리가 하얘져서 말도 못하고 듣기만 했다. 부원장이 답답했던지 옆에 바짝 다가서더니 귀에 대고 사과하라고 채근했다. 얼른 그 자리를 벗어나고 싶었다. 심나영은 얼떨결에 죄송하다고 말했다. 그러자 부원장이 전화기를 빼앗더니 알아듣게 주의를 주겠다며 한참 동안 학부모를 달랬다. 수업 때 실수해서 혼나는 거야 참을 수 있었지만 학생에게 주의 준 걸 사과 하라니, 어이가 없어 눈물이 날 뻔했다. 심나영은 퇴근 후 집에 와서 그제야 엉엉 소리 내어 울었다. 이웃집에 들릴까 봐 티비를 크게 틀어놓고 한동안 울었다. 그러면 허기가 졌다. 밥솥에서 밥을 퍼 김치와 김과 고추장을 섞어 식사했다. 열한 시쯤 엄마가 돌아왔다. 엄마는 마트에서 캐셔일을 한다. 심나영보다 일찍 출근해서 더 늦게 들어온다. 엄마는 피곤할 텐데도 들어오자마자 딸의 안색을 살피고 무슨 일인지 묻는다. 빨리 털어놔. 엄마가 계산대에서 사람을 상대하는 일만 이십 년째야. 거기 서 있으면 느는 게 눈치밖에 없어. 무슨 일인데? 누가 괴롭혀? 학부모가, 근데 부원장이 더 얄미워. 나더러 무조건 잘못했다고 사과하래. 학원 선생도 서비스직이라나? 이야기를 들은 엄마는 힘들면 언제든지 그만두라고 했다. 그러고는 족욕기에 물을 받아 발을 담고는 티비를 틀었다. 엄마는 티비를 보면서 낮에 있었던 일들을 지운다고 했다. 그래야 잠을 편하게 잘 수 있다고. 잊어버리지 않으면 낮에 있던 일들이 꿈에도 나타나서 잠을 설친다고. 유난히 지친 날 엄마는 겨우 세수만 하고 침대에 누워 이내 잠이 들었다. 식사도 거르고 잠든 엄마를 보며 심나영은 조금만 더 버티자고 스스로를 달랬다. 그런 일이 일 년 반 동안 되풀이되었다.

부원장이 달래도 학원을 그만둘 거라고 엄포를 놓았던 학부모는 다음날 아무렇지도 않게 아이를 학원에 보냈다. 출근해서도 심란한 얼굴이던 부원장은 학생이 보이자 심나영에게 다가와 미소까지 지으며 어깨를 토닥였다.

"3번이 이해해. 학원도 그냥 서비스 직종이야. 그러니까 학부모도 학생도 자신들이 소비자라고 생각하는 거지. 먼저 사과하는 게 일을 쉽게 푸는 방법이야."

학생이 나오는 걸로 관리자의 책무를 다한 듯 그는 매우 만족스러운 얼굴이었다. 하지만 심나영은 지금까지도 그때만 생각하면 온몸에 소름이 돋았다. 학원 선생도 선생인데 저렇게까지 해야 하나 의문이 들었다. 그날 이후로 심나영은 원장보다도 부원장이 더 싫었다. 원장이 나타나 제멋대로 반을 바꿀 때도 걸핏하면 언어폭력으로 선생들을 닦달할 때도 다 부원장이 역할을 잘못해서 그런 것만 같았다.

학부모면 다야? 정말 뻔뻔해. 그걸 또 달래는 인간도 극혐이야

나도. 미치겠어. 노인들이 날 어리다고 무시해 지난번에 아동복지에서 근무할 때가 나았던 것 같아

심나영과 이유정은 서로 경쟁하듯 그날 있었던 일들을 톡에 올려 하소연을 하고 서로를 위로했다. 그즈음 이유정은 노인복

지단체에서 실습 중이었다. 이유정은 노인을 상대하는 일이 어렵다고 했다. 그래서인지 졸업하고는 아동복지센터에 취업했다. 그곳에서 이유정은 어린이도 돌보고 회계업무도 담당했다. 그러던 어느날 그녀가 0하나를 더 붙이는 실수를 했다. 상사가 발견해서 다행히 수습이 되기는 했지만 놀란 이유정은 한동안 톡을 올릴 기력도 없다고 했다. 그러면서도 그녀는 날마다 푸념과 험담을 늘어놓았다. 이유정은 쾌활하고 명랑해서 툴툴대고 다음 날에는 이내 잊어버리는 성격이었다. 하루는 엄마가 톡 내용을 들여다보더니 애잔한 얼굴로 심나영을 위로했다.

"우리 나영이 함께 흉볼 친구가 있어서 다행이다. 그것도 나쁘지 않아, 오죽하면 임금님 귀는 당나귀 귀라는 말이 생겼겠어."

엄마의 말에 심나영은 한결 가벼운 마음이었다. 톡을 하다가 할 말이 쌓이면 엄마 옆에서도 통화를 했다.

두 사람이 직장생활에 적응하는 동안 송가희는 도통 단톡방에 들어오지 않았다. 그즈음에 송가희는 지방직 공무원 시험 일 차에 합격했고 이차 준비를 하고 있었다. 둘은 가끔 송가희를 궁금해하기도 했다. 가희는 잘 지내나? 잘 지내겠지? 공부는 잘되나? 잘하고 있을 거야. 주거니 받거니 송가희의 이야기를 나누다가 누가 먼저랄 것도 없이 그래도 한 번쯤 톡방에도 들어오지, 하며 못내 아쉬워했다. 세 사람은 늘 함께였다. 초등부터 고등까지 같은 학교 같은 반일 때가 잦았다. 간혹 다른 반이어도 먼저 끝나는 친구가 늦게 끝나는 친구 반 복도에서 기다렸다가 세 사람이 함께 교문을 나섰다. 대학도 같은 학교에 동시에 입학했다.

*

셋은 성향이 서로 달랐다. 활발하고 낯을 가리지 않는 이유정은 대학에 들어가기 전부터 카페 알바를 시작했다. 이후로 그녀는 키즈카페, 식당 알바, 편의점까지 다양한 알바를 섭렵했다. 얌전과 활달 사이를 오가는 심나영은 던킨 아르바이트를 일 년 정도 하다가 할머니가 소개해 준 동네 초등생들 수학 과외를 시작했다. 전공이 수학이었으나 수학이 어려웠던 그녀는 아이들을 가르치느라 다른 아르바이트를 할 시간이 없었다. 반면에 조용하고 내성적인 송가희는 딱 한 달간 빵집 아르바이트를 하더니 공부를 할 거라며 도서관에 들어앉았다. 그러더니 2학년 때는 성적이 순위권 안에 들어갔고 3학년 기말고사에서는 과에서 탑을 했다. 송가희가 커피를 사겠다고 해서 세 사람은 시간을 쪼개서 학교 앞 별 카페에서 만났다. 이유정은 소개팅에서 만난 새 남친을 자랑했고 심나영은 심즈 4 게임과 새로 나온 아이템을 소개했다. 말없이 빨대를 잡고 가만히 바닐라라떼를 마시던 송가희가 선언하듯 말했다.

"난, 휴학하고 공무원 시험 준비할 거야."

"정말? 진로 정했어?"

심나영의 말에 송가희가 고개를 끄덕였다. 생각보다 쉽지 않겠지? 송가희가 말했고 심나영은 셋 중에 공무원 친구가 있는 것도 좋겠다며 그녀의 선택을 격려했다. 다만 내심 심나영은 송가희가 몇 년은 공부할 거라고 생각했다. 학교 선배들 중 공시에 단번에 합격했다는 사람이 드물었고 공부를 잘한다고 칭찬받던 삼촌은 지금까지도 만년 공시생이었다. 그러니 한편으로 생각하면 고달픈 취준생의 길로 들어선 송가희가 어쩐지 측은하게 느껴지기까지 했다. 하지만 송가희는 남달랐다. 다음 해에 국가직에서 지방직으로, 7급에서 9급으로, 하향 지원하기는 했으나 그녀는 일 년 만에 일차 시험에 합격했다.

"난, 공부가 제일 싫어. 싫어도 너무 싫어. 자격증 없는 세상에서 살고 싶다."

이유정은 아버지가 졸업 전에 자격증을 따라고 채근해서 그렇지 않아도 스트레스를 받던 중이었다.

"난, 뭘 할지 모르겠어."

심나영이 심란해하자 이유정이 치켜세웠다.

"너, 게임스트리머 해. 목소리가 좋아서 잘할 거야."

"갑자기? 그게 될까? 장비도 없는데."

"취직해서 사, 내 친구가 그러는데 수학 전공자는 학원에서 그냥 받아준대."

명쾌한 해결책을 제시한 이유정의 격려에 송가희가 어울릴 것 같다고 맞장구를 쳤다. 글쎄, 하고 지나쳤지만 그해 방학 직전에 심나영은 동네 꼬마들 과외를 접고 집에서 가까운 탑 학원에 이력서를 냈다. 이유정의 말대로 수학 전공자인 게 도움이 됐다. 긴장했던 것과 달리 면접에서 탑 원장은 언제 일할 수 있는지 물었고 최대한 빨리 나오라고 했다. 두 달 월급을 모아 중고 사이트에서 성능 좋은 컴퓨터 본체와 모니터를 구입했다. 이후로 모니터를 한 개 더 구입하고 삼십 만 원 하는 방송용 마이크도 마련했다. 오후에는 일하고 밤에는 트위치에서 스트리머로 활동했다. 주경야독이 아니라 주경야방의 시작이었다. 시작할 때는 구독자가 있을까 걱정했는데 다섯 명을 시작으로 한 명씩 늘어 지금은 백오십 명을 넘어섰다. 방송을 시작한 지 석 달쯤 지났을 때 회원 한 사람이 그녀에게 오천 원을 보내왔다. 제휴계약이라서 십만 원이 넘어야 돈을 받을 수 있었지만 그래도 심나영은 기분이 좋았다. 다음날은 휴무라며 침대에서 나오지 않는 엄마와 욕실에서 빨래 중인 할머니에게 달달한 까페라떼를 사주고 출근했다. 일주일에 서너 번은 방송을 했고, 다른 날은 편집해서 유튜브에 영상을 올리고 게임을 하느라 새벽에야 잠이 들었다. 낮이면 할머니의 청소기 돌리는 소리에 잠에서 깨곤 했는데 평생 식당 일로 부지런함이 몸에 밴 할머니는 정확하게 열 시 삼십 분에 청소를 시작했다. 아침 일찍 청소하고 싶지만 생활 패턴이 다른 손녀를 위해 할머니 방식으로 최대한 양보한 시간이었다. 활기차게 일과 취미 생활을 겸하던 때였다. 그즈음 심나영은 일어나면 집 근처 카페로 가 초코머핀과 커피를 시켜놓고 노트북을 펴놓고 새로 구매한 스타탄생을 탐색했다. 한마디로 대박이었다. 드레스 코드가 다 예뻐서 코디하는 재미가 있었다. 늘씬한 심은 어떤 옷을 입혀도 다 어울렸다. 심나영은 스타가 된 것 같아 텐션이 올라갔고 그날은 생방에서도 반응이 좋았다. 예뻐요, 좋아요, 가 댓글 창에 마구 올라왔고 덩달아 그녀의 기분도 업되었다. 그런 날은 학원에서도 기분이 좋았다. 그러다가 이사를 하면서 기분이 다운되었다. 지속된 장마 탓인지 알 수 없었으나 아무튼 심나영의 기분은 눅눅하고 또 눅눅했다.

*

버스가 금호동 사거리에 정차하면서 자리가 났다. 심나영은 자리에 앉아 바깥을 살폈다. 직진하면 심나영이 사는 럭키아파트가 나오고 좌회전을 하면 할머니가 사는 집이 나온다. 336번은 이제 우회전을 할 것이다. 그런 다음 십오 분쯤 직진하다가 염주동에서 한 번 무진동에서 또 한 번 좌회전을 하면 이내 S 쇼핑몰에 도착할 것이다. 그녀가 생각에 잠겼을 때 버스가 덜컹하며 출입문을 닫더니 우회전을 했다. 순간 깜짝 놀란 심나영이 자리에서 벌떡 일어섰다가 주춤하고는 다시 앉았다. 오랫동안 할머니 집으로 가던 습관이 붙어서 차를 잘 못 탄 걸로 착각을 한 것이다. 습관이 무섭다더니 심나영은 이사를 한지 몇 달이 지났는데도 자주 할머니 집으로 갔다. 그곳에서 밥을 먹고 좀 쉬었다가 집까지 걸어가면 엄마가 먼저 집에 와 있기도 했다. 엄마는 심나영을 보자마자 또 할머니 집에 갔냐고 물었고 그렇다고 하면 왜 자꾸 할머니 집에 가느냐고 눈을 흘겼다. 심나영은 모른다며 곰곰이 생각하다 문득 깨달았다는 듯 엄마에게 말했다. 아, 밥상. 할머니가 자꾸 밥 먹으라며 상을 차리잖아. 퇴근 시간에는 배가 고파서 밥 생각을 하고 그러면 할머니가…… 그렇다. 할머니는 손녀만 보면 시도 때도 없이 밥을 차린다. 그 말을 들은 엄마는 어이가 없다는 듯 피식 웃었다.

이사는 갑자기 이루어졌다. 몇 해 전, 엄마가 영구임대를 신청했는데 여태 소식이 없다가 갑자기 연락이 왔다고 했다. 입주 기간이 짧아서 서둘러야 한다며 엄마가 이주 만에 서류를 마쳤다. 그러고는 용달을 부르자니 짐이 적고 리어카로 나르자니 번거롭다고 고민했다. 듣고 있던 삼촌이 친구에게 연락해서 차를 빌려왔다. 누워만 있어도 땀이 뚝뚝 떨어지는 장마철에 이삿짐을 날랐다. 그날은 삼촌이 공부를 접고 도와서 일이 빨리 끝났다. 오전 내내 보슬비가 내리다가 점심 무렵에는 반짝 개었다가 오후에는 다시 비가 부슬부슬 내렸다. 짐은 간단해서 비가 개었을 때 다 날랐지만 오후에는 선풍기 두 대를 돌리며 짐 정리를 했다. 움직일 때마다 눅눅한 장판에 발바닥이 달라붙어 끈적거렸다. 자장면을 시켜 점심을 먹고 삼촌은 집으로 갔다. 베란다에 물을 뿌리고 빗자루로 쓸어내리는 중에 심나영은 창틀에 자잘한 새끼 거미를 발견했다. 잡으면 으깨질 것 같은 새끼 거미를 엄마는 화장지로 둥글게 감싸 잡고는 방충망을 열고 밖으로 털었다. 아무래도 거미가 방충망 사이로 다시 기어들어 올 것 같았다. 심나영은 상가 마트에서 바퀴벌레약과 모기약을 사다가 베란다 곳곳에 뿌리고 창틀에도 꼼꼼하게 뿌렸다. 약 냄새와 낡은 건물에서 나는 묵은 곰팡이 냄새가 코를 자극해 비염 환자처럼 콧물이 자꾸 났다. 환기를 시켰으나 바깥 공기가 안개처럼 포진해 있어 별 효과는 없었다. 일을 마치고 엄마가 끓인 참치 김치찌개를 접이식 상에 올려놓고 마주 앉아 식사를 했다. 밥을 먹고 난 엄마가 상을 구석으로 밀치고 할머니에게 전화를 걸어 스피커폰을 켰다.

"엄마, 식사는 했어요?"

엄마의 물음에 할머니는 먹었다, 하면 될 것을 노인정에서 두 끼를 해결하고 오니 세상 편하다고 딴소리를 했다. 그런 할머니에게 엄마는 반찬을 만들어달라고 했다. 그래봤자 십 분 거리로 이사해 놓고 엄마는 먼 곳으로 이사 한 것처럼 할머니에게 다정하게 굴었다.

"그럴 거면 왜 따로 나와서 살아? 할머니 힘들게?"

"너무 일이 없어도 노인네가 심심하지."

그럼 그냥 같이 살지 왜 나왔는지 물으려다가 그만두었다. 티비를 보며 웃는 엄마의 모습이 그날은 왠지 쓸쓸해 보였다.

이사 후 육 개월이 다되 가는데도 집에 적응이 안 됐다. 안방에서 작은방까지 두세 걸음이면 이동이 가능했고 그 중간에 여느 집 보일러실보다 좁은 공간에 부엌과 화장실이 있었다. 엄마는 그래도 이 집이 좋다고 했다. 답답함에 단톡방에 톡을 올렸다.

이사 후 적응이 안 됨. 할머니 밥도 생각나고

할머니 밥 먹고 싶다

어쩐 일로 면접 준비를 하는 송가희가 이유정보다 먼저 반응했다. 예전부터 송가희는 엄마가 반찬을 사다 먹는다며 할머니 반찬을 매일 먹는 심나영이 부럽다고 했다. 그럴 수도 있겠다 싶으면서도 그녀는 너무 정답만 말하는 송가희가 왠지 모르게 얄미웠다. 때맞춰 이유정이 심나영의 편을 들었다.

독립, 부럽당

나도 얼른 독립할 꼬야

이유정은 취직 전부터 독립하고 싶다고 노래했는데 아직 부모님과 함께 살고 있었다.

난, 독립이 아냐 엄마랑 살잖아

심나영이 저도 모르게 소리를 냈는지 티비를 보던 엄마가 그녀를 힐끔 바라보았다. 아, 유정이가 혼자 살고 싶다고 하길래. 너도 곧 독립해야지. 엄마가 무표정하게 말했다.

"저기 티비에 나오는 집처럼 새집에서 살면 좋잖아."

심나영의 말에 엄마는 그러게, 하며 맞장구를 쳤지만 반응이 시큰둥했다.

이사 오던 날 엄마는 수입이 많아지면 이 집에서 나가야 한다고 했다. 돈 많이 벌면 좋지, 좋은 집에서 살고. 심나영의 말에 엄마는 그게 아니라고 뭔가 더 말하려다 그만두었다.

이사한 뒤로 심나영은 집순이가 되었다. 탑에서 수업하고 집에 오면 방바닥에 등을 붙이고 수평 상태를 유지했다. 생각해 보니 유명 스트리머가 되고자 하는 욕심이 원인 같았다. 몸집이 자꾸 늘어나는 것 같아 땅끄부부를 시청하며 홈트를 따라 했다. 그러고는 이내 지쳐서는 방송을 플레이했다. 컴퓨터 게임 심즈에서는 하고 싶은 것 누리고 싶은 것을 다 이룰 수 있다. 약간의 시간만 투자하면 된다. 집도 짓고 방도 만들고

가구도 장만하고 연애도 하고 아이도 낳고, 물론 이혼도 가능하다.

*

심나영이 사는 아파트 이웃들은 딱히 할 일이 없는 사람들이 마트 앞 벽에 의자를 두고 앉아 잡담으로 시간을 때울 때가 잦았다. 그들을 피해 심나영은 검정 캡모자를 쓰고 정문을 드나들었다. 그들과 인사는 나누지 않았지만 풍경에 익숙해질 무렵에 송가희가 연수원 신분증을 톡에 올렸다. 그날따라 학부모가 진상을 부렸다. 모르니까 학원에 보내는데 친절하게 설명해야지 왜 생각하라고 아까운 시간을 버리느냐는 거였다. 생각하지 않고 풀어주면 응용에서 문제가 발생할 수가 있다고 해도 학부모는 막무가내였다. 어쩔 수 없이 알겠다고 마무리하고 퇴근하던 중이었다. 퇴근이 늦어서인지 엄마가 먼저 도착해 있었다.

"임진주씨, 나도 공부해서 공무원 할까?"

갑자기? 라고 할 줄 알았는데 웬일로 엄마가 하고 싶으면 하라고 했다. 심나영은 짐짓 한발 물러섰다.

"삼촌처럼 도서관 귀신 되면 어떡해. 게다가 난 영어도 안 되고."

"나중에 후회하지 말고 지금 해 봐. 해보고 안 되면 그만두면 되지."

엄마는 대학 시험도 못 보고 취직했을 때가 가장 서러웠다며 심나영을 독려했다. 엄마의 전폭적인 지지를 업고서 그녀는 탑 학원을 그만두고 독서실에 입성했다.

이왕이면 새로 생긴 곳에서 시작하라는 엄마의 뜻에 따라 큰 사거리에 새로 생긴 토즈 독서실에 입성했다. 타 독서실보다 금액이 비쌌지만 새로 꾸민 독서실 내부는 깔끔하고 좋았다. 공부가 저절로 될 것 같은 분위기에 시원하고 쾌적한 에어컨 바람과 음료와 커피가 무료였고 게다가 프린터도 공짜였다. 심나영은 아침 아홉 시부터 모자를 푹 눌러쓰고서 마스크로 얼굴을 가리고 귀에는 에어팟을 끼고서 학원 앞을 지나갔다. 먼저 영어부터 시작해서 점수가 올라가면 다른 과목도 공부할 생각이었다. 책을 구입하고 주간 계획표를 짜서 단어와 문법과 독해를 공부했다. 점심은 독서실 근처 분식집에 가서 떡볶이, 어묵, 김밥으로 해결하고 저녁은 집에 가서 먹었다. 저녁을 먹고서 다시 독서실로 가다 보면 얼마 전까지 제자였던 학원생들이 우르르 몰려오는 게 보였다. 심나영은 캡모자를 아래로 내려쓰고 걸음을 빨리했다. 다행히도 아이들은 핸드폰을 보며 다니느라 그녀를 알아보지 못했다. 핸드폰도 하지 않고 게임도 방송도 쉬면서 한 달 동안 공부만 했다. 그런데도 점수가 도통 오르지 않았다. 한 달 사이에 올라간 것은 오직 몸무게 뿐이었다.

심나영은 공무원 시험을 포기하겠다고 엄마에게 선언했다. 어릴 때부터 습관이 안 돼서 그래. 엄마는 언제나 그랬듯이 자신의 지원이 부족한 탓이라며 한숨을 내쉬었다. 아니라고, 재능이 부족한 거라고. 심나영은 엄마를 달래며 후회했다. 괜히 공무원을 한다고 설쳐서는……

그렇게 심나영의 독서실 입성기는 한 달도 못 채우고 끝이 났다.

좋아하는 일에 집중하기로 결심한 심나영은 본격적으로 게임 방송에 집중했다. 그러자니 편집 프로그램이 필요했다. 프리미어 프로가 영상편집에 최적이라는 후기들이 많았다. 좋긴 한데 가격이 너무 비쌌다. 사용자도 많을 텐데, 이런 건 무료 배포하면 안 되나? 단톡에 메시지를 올렸더니 이유정이 전화를 걸어와 아이패드를 사면 해결된다고 했다. 루마퓨전 앱을 깔면 영상 편집에서 보관 그림 그리기까지 가능한데도 삼만 원대라며 완전 착한 가격이라고 했다. 심나영은 아이패드가 없었다. 아이패드 프로는 펜 가격만 해도 삼십만 원이었다. 백만 원이 훌쩍 넘는 돈을 한꺼번에 지불하고 편하게 사용하느냐 아니면 할부하느냐의 차이여서 좀 더 고민해 보기로 했다.

“당장은 어렵고 구독 티콘이랑 뱃지 그리려면 필요하긴 한데.”

“그거 내가 해 볼게.”

이유정이 하루 만에 새싹과 꽃 모양 구독 티콘과 구독 뱃지를 카톡으로 보내왔다. 제법 귀여웠다. 호기심이 많은 데다가 부지런하기까지 한 이유정은 손재주가 많았다. 뭐든지 고민만 하다가 해보기도 전에 포기하는 심나영은 그런 이유정이 늘 부러웠다. 대학 새내기 때 심즈 게임을 반씩 내고 아이디를 공유하자고 제안한 것도 이유정이었다. 커피숍, 키즈 카페 알바에 전공인 사회복지 실습까지 시간이 없다면서 그녀는 할 건 다 한다. 두 달 전에는 운전면허를 땄고 지난달에는 엑센트를 현금가로 구매했다. 천육백만 원이라고 했다. 부모님이 전액 지불하고 이유정이 매달 오십만 원씩 삼 년 동안 갚기로 했다고 한다.

“용돈이 부족해서 투잡을 뛰어야 할 것 같아.”

이유정은 복지사의 월급이 생각보다 짜다며 울상이었다. 심나영은 웹사이트에서 중고차를 검색했다. 중고차 후기 사이트를 들어가니 되도록 비싼 차를 구매하라고 했다. 종합하면 이백만 원대 차는 완전 똥차여서 유지비가 많이 들고 상대적으로 경비가 덜 드는 경차는 오백만 원이라는 목돈이 필요했다. 그동안에도 차는 없었는데, 뭘. 심나영은 깔끔하게 차를 포기했다.

*

이 주 전 심나영은 출근 길에 학원 지하에 있는 마트에 들렀다가 부원장을 만났다. 부원장은 스넥과 사탕이 가득 담긴 카트를 밀고서 매대를 살피다가 심나영을 발견하고 아는 체를 했다.

"3번? 여긴 웬일이야?"

심나영은 대답 대신 질문을 했다.

"어머, 부원장님이 이곳에는 웬일이세요? 탑이 이 동네에 분점 냈어요?"

"아니, 내가 근처에 학원을 오픈했어. 오늘 학부모 다과회가 있어서."

"그럼, 금호동 탑은요?"

"그만뒀지."

"아, 네. 그럼 다음에 또 뵐게요."

순간 궁금증이 일었으나 지나친 관심은 금물이라는 엄마의 교훈을 되새기며 심나영은 혹여 그가 붙들기라도 할까 봐 재빨리 돌아서 엘리베이터를 탔다. 그러고는 퍼뜩 부원장을 향해 다가오던 여자가 생각났다. 실루엣이 분명 6번이었다. 두 사람이 같이 움직였을까?

탑에 근무한 지 얼마 안 돼 환영식 겸 회식이 있었다. 주중에 하루 쉬는 날 회식이라니 마뜩지 않았으나 학원 차량으로 다 함께 간다고 하니 빠질 수도 없었다. 조용히 뒷좌석에 앉아 에어팟을 끼고 핸드폰으로 음악을 들으며 목적지를 검색했다. 몇 블로그에서 신축 건물에 정원이 잘 조성돼서 핫플레이스라고 홍보했다. 맛있고 유명해도 거기서 거기지, 하며 선생들 표정을 살폈는데 그들도 내심 못마땅했는지 다들 시큰둥하게 핸드폰만 만지작댔다. 분위기를 살리고 싶었는지 라디오를 크게 튼 부원장이 그 집 갈비가 그렇게 맛있다고 했다. 7번, 3번, 6번, 8번. 다들 많이 먹으라고! 그러더니 허밍으로 노래를 흥얼거렸다. 성시경의 거리에서, 였다. 그의 노래는 짧게 끝났다. 갈비 집은 도시 외곽이어도 순환로를 타면 이십 분도 안 되는 거리였다. 예약해 둔 룸에 들어가 갈비를 주문했을 때까지는 분위기가 나쁘지 않았다. 이런저런 이야기가 오가고 식사가 끝날 무렵 부원장은 한 통의 전화를 받았다. 통화 내용은 알 수 없으나 전화를 끊은 다음 그는 먼저 나가 계산을 했고 룸으로 들어오지 않고 6번을 불러냈다. 잠시 후 돌아온 6번이 부원장의 말을 대신 전했다. 부원장님 일이 생겨서 가야 한데요. 선생님들 알아서 가셔요. 저도 이만 가 볼게요. 그렇게 회식이 끝났다. 2번 8번 선생 둘은 방향이 같다며 카카오 택시를 불러 출발했다. 남은 사람은 심나영과 7번 둘이었다. 심나영은 허허벌판에 남겨진 기분이었다. 우리도 카카오 택시 부를까요? 그녀의 말에 그는 돈 아껴야죠, 했다. 그러더니 피우던 담배를 비벼끄고서는 버스 앱을 켜 그곳을 지나는 노선을 검색했다.

"길 건너에서 우측으로 돌아가면 445번이 있어요."

그는 혼자 중얼거리듯 말하고선 차도로 걸어갔다. 갈빗집 정문은 이 차선 도로에 인접해 있었다. 7번은 도로 좌우를 살피더니 차들이 뜸한 틈에 무단 횡단을 했다. 심나영도 그를 따라 무단 횡단을 했다. 버스정류장까지는 오 분 거리였다. 경계석을 따라 심어진 벚나무에 어느새 단풍이 들어 하나 둘 떨어지고 있었다. 꽃피는 봄에 오면 더 좋겠다고 생각할 즈음 정류장이 나타났다. 심나영은 그와 몇 발짝 떨어져서 에어팟으로 아이유의 노래를 들으며 버스를 기다렸다. 나쁘지 않은 시간이라고 생각했다. 택시를 타고 집에 갔어도 이불을 뒤집어쓰고 뒹굴든지 아니면 컴퓨터 게임을 하느라 의자에 꼼짝하지 않고 그냥 앉아있었을 것이다. 달달한 갈비도 먹었는데 운동도 되고 돈도 아끼고 좋다. 왜 그런지 그날따라 그런 생각이 들었고 돈 아껴야 한다는 7번의 말에 동화되어 그녀는 자신도 돈을 아껴야겠다는 다짐도 했다. 연착한 버스는 십 분 뒤에 도착했다. 몹시 낡아서 타자마자 기름내가 진동한 차였다. 7번은 냄새가 아무렇지도 않은지 버스 중간쯤에 앉았고 심나영은 그의 바로 뒷좌석에 앉았다. 그러고는 내내 궁금했던 질문을 7번에게 던졌다.

"부원장이 왜 화났을까요?"

"원장이 긁었나 보죠. 둘 사이가 안 좋아요."

아, 그렇구나. 혼자서 중얼거린 심나영은 뭔가를 더 물어보려다가 그의 냉랭한 태도에 그만두었다. 머리카락 층이 제멋대로인 그의 뒤통수와 창밖을 바라보다가 어느 순간 꾸벅꾸벅 졸고 있는 그를 보고는 어쩐지 마음이 불편해졌다. 그녀는 시선을 돌려 먼 창밖의 풍경을 바라보았다. 어느새 대지에 어둠이 깔리고 도시를 가르는 강 위로 세워진 다리에 현란한 불이 들어왔다. 버스가 다리 위 교차로에 들어서느라 차체가 흔들렸고 7번이 차창에 머리를 찍어댔다. 불현듯 7번은 임용만 되면 곧 학원가를 떠날 사람이라고 했던 부원장의 말이 떠올랐다. 교량의 화려한 조명, 흔들리는 7번의 머리를 받치는 가냘픈 목덜미, 낡은 버스에서 나는 기름 냄새에 멀미가 날 것 같았다. 심나영은 버스에 탄 걸 후회하며 창에 머리를 기댔다. 한참 뒤 익숙한 도로와 건물들이 보이자 불편했던 속이 차츰 진정되었다. 얼마 지나지 않아 버스가 금호동에 도착한다는 안내방송이 흘러나왔다. 심나영은 벨을 누르고 7번을 깨웠다.

버스에서 내린 그는 어색하게 인사하고는 버스가 가는 방향으로 걸어갔다. 심나영은 그의 뒤를 따라 걷다가 한 블록이 지나 횡단보도 앞에서 섰다. 7번은 벌써 저만치 멀어져 갔다. 이제 그와의 길은 접점이 없어 무한대로 멀어지는구나, 하는 생각에 그녀는 두 사람이 우주에서 무한대로 멀어지는 착각에 빠졌다. 딱히 7번이 아니라 누가 됐더라도 그날의 기분이 그랬을 것이다. 할머니 집은 주택 밀집 구역이어서 밤중에는 골목이 으슥했다. 심나영은 골목 어딘가에서 누군가 불쑥 튀어나올 것 같아 바짝 긴장하며 걸었다. 안 신던 구두를 신어서인지 발소리가 유난히 크게 들리던 밤이었다. 엄마가 백화점 세일 때 치수와 발 모양을 대충 고려해 산 거라서 볼이 좁고 불편했다. 집에 와서 보니 발가락과 발뒤꿈치에 물집이 잡혀있었다. 바늘로 물집을 터트리고 엄마처럼 세숫대야에 물을 받아 족욕을 했다. 퇴근한 엄마가 그녀의 발을 보더니 다음부터는 운동화를 신으라고 했다. 때마침 티비에서 그랜저 광고가 나왔다. 언제까지 그러고 살 거냐? 제대로 된 직장에 다녀야지. 아들은 새 차를 끌고 엄마에게 가면서 전화를 걸고 엄마는 아들을 걱정하는 마음에 잔소리를 한다. 다음 순간 화면이 바뀌면서 마당에 차가 들어와 정차하고 아들이 등장한다. 엄마는 화들짝 놀라 아들을 반기며 두 팔을 벌렸으나 엄마는 아들보다 자동차를 반기며 두 손으로 쓰다듬는 내용이다. 아들보다 차가 좋은가 봐. 심나영은 웃긴다며 깔깔댔는데 엄마는 뭐가 웃기냐며 저게 사람이다, 라고 했다. 순간 늘 자식 편만 들던 엄마가 달라진 느낌이었다. 엄마도 좋은 차를 타는 자식이 부럽구나, 나는 이유정이 부러웠는데. 그러자 주무시던 할머니가 방에서 나와 뭐가 그렇게 시끄럽냐고 했다. 심나영은 할머니도 고급차가 좋은지 물었다. 있으면야 좋제, 근디 누가 차 산다냐? 하고 물어서 그녀는 친구가 살 거라고 했다. 좋겄다. 그날에서야 심나영은 엄마도 엄마의 엄마도 누군가의 자식이 부러울 수 있다는 사실을 처음으로 깨달았다.

*

S쇼핑몰 일 층은 인파들로 넘쳐났다. 사람들 사이를 비켜서서 에스컬레이터에 탑승해서는 유리로 된 외벽을 바라보았다. 도로 건너편에 신축건물에 들어선 안과 간판이 눈에 들어왔다. 스마일 라식 수술을 홍보하는 대형 플랭카드 옆으로 건물 절반을 차지한 옥외 광고물이 시선을 끌었다. 비키니를 입고 몸매를 비스듬히 튼 신예 연예인이 한 손은 허리에 두고 반대 손에는 다이어트 회사 자비스의 광고 문구를 손으로 떠받치고 있었다. 자비스? 어디선가 본 기억이 났다. 어디서 봤더라? 고개를 돌려 에스컬레이터에서 내리는 순간 퍼뜩 떠올랐다.

'아, 자기소개서.'

거기까진 생각났는데 어디서 봤는지 기억이 가물가물했다. 취직하고 싶다는 간절한 희망을 담았는데, 심화반, 다이어리, 기억을 더듬던 심나영은 퍼뜩 5번을 떠올렸다. 신입이던 5번은 두 달 만에 출근할 수 없다는 메시지를 남기고 종적을 감추었다. 사색이 된 부원장이 급하게 반 배정을 다시 했다. 그날 심나영은 5번이 지도하던 심화반을 맡았다. 그녀의 강의실로 들어가 책상 서랍에서 우연히 다이어리를 발견했다. 그녀가 확실할까? 심나영은 사람을 잘 알아보지 못한다. 얼굴에 점이 있으면 점순이, 동그란 형이면 빵순이, 턱이 가늘면 뾰족이, 로 사람의 특징을 기억한다. 그러니 5번의 얼굴을 기억할 리 없었다. 다이어리를 어떻게 했더라? 버리지는 않았을 것이고 학원에 두지도 않았다면? 심나영은 뭐든지 책장에 꽂아두는 습관이 있었다. 이사를 하면서도 책 종류는 버리지 않고 고스란히 상자에 넣었다.

에스컬레이터에서 내린 심나영은 저만치 보이는 카페를 뒤로하고 계단으로 내달렸다. 그러고는 출구로 나가 택시를 잡아탔다. 집에 도착하자 친구들이 왜 안 오냐고, 어디냐고 물었다. 심나영은 다음에 보자는 댓글을 달고 엄마에게 톡을 보냈다.

엄마, 내 책상자 어딨어?

보일러 옆에. 책은 왜?

뭐 좀 보려고. 상자가 여러 갠데?

책 상자는 밑에 있을 거야. 겉에 매직으로 써 놨어

알써

심나영은 베란다로 가 쌓인 상자를 내리고 맨 밑에서 책 상자를 발견해 테이프를 뜯었다. 그러고는 전공책 사이에서 다이어리를 발견했다. 그것을 꺼내 서둘러 뒷장부터 살폈다. 5번이 적은 가계부가 보였다.

우선순위 – 어머니 돈 사백만 원, 일부 갚기.

시어머니 용돈 삼십.

보일러가 터져 장판 새로 함 - 삼십 만 원.

민아 방한 텐트 장만하기 - 이십 만 원.

민아 돌떡 – 칠만 원, 기저귀, 분유값?

생활비 – 백만 원.

캐피탈 대출 알아보기.

그제야 생각이 났다. 5번은 입사한 첫날부터 회의에 늦었다. 뒤늦게 회의실로 들어선 그녀는 집에 보일러가 터져 수습하느라 늦었다고 했다. 아이에 대한 내용을 보니 학생들이 5번 선생님 아줌마냐고 물었던 기억이 떠올랐다. 5번에게 학생들의 말을 전하자 그녀는 아무렇지 않은 얼굴로 조카라고 둘러댔다. 지출 내역을 읽다가 한숨이 절로 나와 휙휙 종잇장을 넘겼다. 이번에는 쓰다만 자기소개서가 나왔다.

어린 나이에 아이가 생겼습니다.
아이의 존재를 알았을 때의 충격과 불안으로
저는 적잖이 당황스러웠지만 결국엔 아이를 낳기로 결심했고
지금은 잘 키우고 있습니다.
그러니 저에게 책임감이라면 누구보다 투철하다고 생각합니다.
기회가 주워진다면 최선을 다해 열심히 일하겠습니다.

글쓰기가 생각보다 안 풀렸는지 같은 내용의 자기소개서는 네 쪽에 걸쳐 쓰여 있었다. 단어의 배열만 달라졌을 뿐 내용은 모두 비슷했다. 5번은 자소서 하단에 다음과 같은 문장을 덧붙였다.

자비스에 취직이 되면 좋겠다. 어서 그날이 왔으면.

날짜에 붉은색으로 동그라미를 그려 강조한 걸로 보아 간절함으로 합격했을 것 같기도 했다. 하지만 심사위원이라면 5번을 뽑지는 않을 것이다. 원장만 해도 기혼을 쓰는 것에 부담을 느낀다고 했다. 아이에 대한 책임감은 엄마의 입장에서 보면

분명 자랑할 만한 지점일지 몰라도 회사 입장에서는 단점일 수도 있다는 사실을 그녀는 간과한 듯하다. 그녀는 취직에 성공했던 걸까, 아님 애초에 취직도 못하고 학원만 무작정 그만둔 걸까? 심나영은 볼펜을 들어 5번처럼 자기소개서를 구상했다. 고생하는 엄마를 위해 취직을 결심했다는 문구를 한 줄 쓰고 나니 다음 문구가 선뜻 떠오르지 않았다. 사실과 진실을 적절히 섞어 자신을 홍보할 수 있는 뭔가를 찾던 심나영은 이내 제풀에 꺾여 그만 펜을 내려놓았다. 자랑할 만한 이력이 하나도 없었다. 어학연수, 교환학생, 배낭여행, 어느 것 하나 해본 적이 없다. 하다못해 다들 다녀온다는 다낭 여행도 못 가봤다. 간혹 목소리가 예쁘다는 말을 듣긴 하지만 그렇다고 무작정 목소리가 예쁘다고 자랑할 수는 없지 않는가. 스트리머 이력을 포트폴리오로 작성한다면, 서류전형엔 통과할까? 운 좋게 통과했더라도 십중팔구 면접에서 떨어질 것이다.

점차 찌는 살 때문에 다이어트를 생각한 적이 있었다. 그때 자비스를 찾아가 5번을 만났다면 심나영은 그녀를 알아봤을까? 아마도 몰라봤을 것이다. 알아봤더라면 지인 할인 기회였는데, 아깝다. 혼잣말을 하며 페이지를 넘겼다. 이번에는 남자 친구에 대한 기록이 나왔다.

지석이 훈련 들어감. 지난 겨울에도 연락이 두절 됐는데 또 연락이 안됨.

*

중간고사가 끝나고 대학가 인근에서 회식이 있었다. 그곳은 탑 원장이 운영하는 주점이었다. 곱창, 삼겹살, 등심 등 여러 메뉴가 있었는데 홀이 넓고 시설이 좋아서 사람들이 많았고 주변이 몹시 시끄러웠다. 한쪽에서는 원장이 자랑질을 하고 있었고 심나영은 5번과 나란히 앉았다. 심나영은 사이다를 마셨고 5번은 옆에서 소맥을 말아 연거푸 마시고는 난데없이 남자친구가 있다고 했다. 특전사에요. 어머, 그래요? 어디 있어요? 심나영이 묻자 그녀는 지금은 훈련 중이라고 했다. 그러더니 훈련이 좀 빡세서 걱정이라며 지난겨울에 삼일 동안이나 연락이 안 된 적이 있었다고 했다.

"그때 한강에 빠졌는데 핸드폰이 꺼졌다네요. 아이폰이 추위에 약하다잖아요."

"어머, 걱정했겠어요."

"지금은 괜찮아요."

학원에서는 조용했던 그녀는 술에 취해서인지 여러 말을 했는데 그중에 기억나는 것이 꿈에 관해서였다.

"동네에서 작은 학원을 운영하는 게 내 꿈이에요."

심나영은 그러냐며 웃었지만 속으로는 그건 생활이지 꿈이 아니라고 생각했다. 혼자 말하기가 어색했던지 그녀가 3번은 좋아하는 거 없어요? 하고 물었다. 그냥 취미 삼아 게임 방송을 한다고 말하려던 순간에 반대편 테이블에 있던 탑 원장이 언제 들었는지 난데없이 끼어들었다.

"꿈은 크게 가져야지. 이왕 강사가 됐으면 대형학원도 운영해 보고."

그가 눈에 핏대까지 세워가며 목청을 높이는 통에 테이블에는 한동안 적막이 흘렀다.

— 꺼져^^ 재수 없어

다이어리 중간쯤에서 발견한 문구에 심나영은 숨을 삼켰다. 꺼지라는 대상이 누군지 알 것 같아서다. 5번이 신입 강사로 들어온 지 보름쯤 지났을 때였다. 심나영은 그녀의 강의실을 찾아 노크했다. 대답이 없어 문을 살며시 열고 안을 들여다보았다. 창문 앞 책상에서 뭔가에 집중한 듯 메모하던 5번이 고개를 천천히 들더니 경계하는 눈빛을 보였다. 심나영은 주춤하고 손잡이를 붙들고서 무슨 말인가를 했다. 누군가의 심부름이었는데 전달 사항은 기억나지 않고 커다란 눈동자에 담긴 경계의 눈빛만 떠올랐다.

알 수 없는 두려움과 방어가 섞인 눈빛이었다. 낮에 만난 여자도 그런 눈빛을 하고 있었다.

다시 살펴보니 가계부의 뒷면에 핸드폰 번호가 적혀 있다. 심나영은 핸드폰에 번호를 입력하고 재부팅을 하고서 다음 카톡을 열었다. 새 친구가 떴다. 프로필을 살폈다. 초 세 개가 켜진 케이크를 향해 세 사람이 입을 모으고 있다. 금방이라도 촛불을 끌 것처럼 보이지만 세 사람은 언제까지나 그런 표정을 짓는다. 세 사람의 눈매와 입술이 Ctrl+c & Ctrl+v를 실행한 것처럼 서로 닮아 있다.

심나영은 뭔가 결심한 듯 글이 써진 종잇장을 찢어 가스레인지에 태웠다. 그러고는 다이어리를 들고 밖으로 나가 분리수거 함에 버렸다. 상가로 향하는데 젊은 엄마의 손을 잡은 작은 아이가 지나간다. 뭐가 좋은지 아이는 엄마를 보며 연신 종알거리며 웃는다. 그녀는 저도 모르게 미소 짓고는 엄마에게 톡을 보낸다.

어디?

버스, 곧 도착

심나영은 재빨리 마트로 들어가 박카스 한 박스를 사 들고 나와 아파트 입구를 서성이며 생각한다. 김서연이 5번이 확실할까? 다시 만나려나? 생각하던 순간에 저만치서 어둠을 밟으며 걸어오는 엄마가 보인다. 임진주씨! 심나영이 엄마를 향하여 팔을 번쩍 든다. 그러고는 엄마를 향해 후다닥 달려간다.

라마즈 호흡법

중환자실 앞은 미리부터 면회를 기다리는 사람들로 북적댄다. 모두 중환자를 둔 보호자들이다. 그들은 그곳에서 안면을 튼 사람들과 진지하다 못해 심각한 이야기를 나누며 서로를 위로하고 있다. 정시에 닫혔던 문이 열리고 그들이 서로를 밀치며 앞다퉈 안으로 들어가느라 짧은 소란이 인다. 나는 맨 뒤에서 기다렸다가 나중에야 들어가 신발을 벗고 실내화로 갈아 신는다. 그러고는 화살표를 따라 중앙 통로로 들어선다. 그곳에 서면 코끝에 느껴지는 소독내와 각종 기계음에 섞인 환자들의 신음에 숨이 턱 막힌다. 귀를 막고 눈을 가늘게 뜨지만 초입부터 나는 기력이 쇠한 할머니와 맞닥뜨린다. 할머니는 찾아올 사람이 없는지 면회시간이면 저렇게 앉아 무연한 눈빛으로 지나가는 사람들을 살피고 있다. 시선을 옮기자 이번에는 두 다리에 석고 붕대를 한 혈색이 누런 남자가 고개만 돌려 벽을 향해 시선을 두고 누워있다. 남자도 늘 혼자다. 그를 외면하듯 몸을 돌려 왼쪽 통로로 접어든다. 앞서 들어온 여자가 아이를 품에 안고서 이름을 부르고 있다. 하지만 뭔가를 발견한 듯 아이는 천장을 향해 눈동자를 빙그르르 돌릴 뿐 여자의 부름에 응하지 않는다. 흡입기 소리 때문일까? 맞은편에 백발노인이 새처럼 입을 쩍 벌리고 있다. 간호사가 흡입기를 움직일 때마다 노인의 목에서 쇳소리가 난다. 손으로 입을 가리고 서둘러 안쪽으로 걸음을 옮긴다. 이내 칸막이로 반쯤 가려진 뒷문이 보인다. 그곳에서 오른쪽으로 돌면 벽면에 홀로 동떨어진 엄마의 침상이 있다.

코에는 두 줄의 튜브가 달려있다. 오른쪽 코에는 미음을 투여하는 튜브가 머리맡에 놓였고 왼쪽 코에는 내부에서 출혈이 발생하는지 살피는 튜브가 가로대 아래 유리병과 연결되어 있다. 튜브 사이로 물속을 떠다니는 혈흔이 띄엄띄엄 흐르고 있다. 혈흔을 보면 언제 붉은 피가 쏟아질지 모른다는 생각에 나도 몰래 움찔한다. 오른쪽 가슴에는 반창고로 붙여 놓은 쓰리웨이가 툭 불거져 있다. 그곳으로 수액과 각종 주사액이 한꺼번에 투여되고 있어서 엄마는 수리하느라 이곳저곳 헤집어 놓은 고장 난 가전제품 같다. 이제 전원을 넣고 생명선이 켜지면 다시 복구될 수 있을까? 볼 때마다 가능성을 살피지만 엄마의 배는 입원할 때보다 한껏 부풀어 있다. 들숨과 날숨을 쉴 때마다 배도 함께 들썩인다. 투여된 약물이 빠져나오지 못하고 복수로 남았다. 좀 어떠냐고 물어도 엄마는 반응이 없다. 억제대에 묶인 손목이 답답해 보였다. 나는 억제대를 만지작거리다가 뼈가 드러난 엄마의 손을 슬쩍 잡아본다. 손이 얼음장처럼 차갑다. 두 손으로 주물러 보아도 좀처럼 온기가 돌지 않는다.

이제 막 교대한 건지 차트를 든 간호사가 다급하게 엄마 곁으로 다가온다.

"손목은 풀어줘도 될 것 같은데요."

"동의서에 쓰여 있는데. 환자가 무의식중에 손을 움직이면 위험해요. 답답함을 참지 못해 의료기기들을 빼버리거든요. 너무 걱정하지 마세요. 혈액 순환이 잘 되는지 시간마다 체크하고, 팔도 주물러 드려요."

차트를 슬쩍 확인한 간호사는 엄마의 머리맡에 놓인 튜브를 들어 미음이 담긴 주사기를 꽂았다. 그녀가 팔을 높이 치켜들자 미음이 천천히 내려가다 멈추었다. 그러면 간호사가 팔을 조금 더 치켜들었고 미음은 내려가다 멈추기를 반복했다. 마침내 더 이상 미음이 움직임을 멈추자 그녀가 주사기에 요구르트를 섞었다. 미음이 마저 내려갔고 간호사는 소량의 물을 넣어 튜브를 씻어냈다. 그러고는 주사기를 분리했다. 똬리처럼 말린 튜브가 다시 머리맡에 놓였다. 엄마가 어정쩡하게 세운 다리를 뻗으려다 다시 오므렸다. 담요로 가렸으나 사타구니가 훤히 들여다보였다. 깔아놓은 기저귀에 검붉은 변이 흘러 있다.

"기저귀를 갈아야 할 것 같은데……"

"기저귀는 정해진 시간에 갈아줍니다. 투여된 음식물과 배설물을 확인해서 이뇨제 양을 결정하거든요."

정작 당사자인 엄마는 아무것도 요구하지 않는다. 초점을 잃은 눈으로 허공 어딘가를 멍하니 응시할 뿐이다. 나는 튜브에서 흘러나온 혈흔을 가리키며 괜찮은지 묻는다. 아직은요. 건성으로 대답한 간호사가 뭔가를 기록하며 데스크 쪽으로 가버린다. 여기저기서 어! 어! 어! 거리는 단음과, 가래 끓는 소리가 들려왔지만 엄마는 단음조차도 내지 않는다. 머리맡에 놓인 산소발생기 소리만 요란하다.

어릴 때 자주 듣던 소리였다. 매미 소리보다 더 요란한 산소발생기 소리는 엄마가 낙지를 잡아 왔다는 신호였다. 밖에서 놀다가도 그 소리가 들려오면 나는 한달음에 집으로 달려갔다. 엄마가 읍내에 나갈 채비를 하는 동안 나는 엄마의 전리품들이 들어 있는 대야를 살폈다. 주로 낙지나 꽃게를 잡아 왔는데 크기나 색깔들이 저마다 달랐다. 간혹 민물장어도 잡아 왔다. 엄마는 대야를 머리에 이고서 십 리를 걸어 읍내로 나갔다. 시장에 두세 시간 동안 쪼그려 앉아 물고기를 판 돈으로 생필품을 사왔다. 버스비를 아끼느라 돌아올 때도 걸어올 때가 많았다. 지친 기색도 없이 토방 마루에 내려놓은 엄마의 대야에는 라면, 뽀빠이 과자, 아버지의 메리야스, 양말, 소주, 등이 들어있었다. 간혹 엄마는 파마를 하고 돌아왔다. 당시 아줌마들 사이에 유행하던 뽀글이 파마였다. 너무 짧게 말아 얼굴이 길어 보였지만 그래도 나는 햇볕을 받아 검은 윤기가 흐르는 엄마의 파마머리가 괜히 좋았다.

윤기 나던 엄마의 검은 머리는 이제 누런 건초더미처럼 변색 돼 만지기만 해도 부서진다. 나는 엄마에게 다가가 눈을 맞춰 인사한다.

"엄마! 나, 내려가야 해."

딸이 간다고 해도 엄마는 반응이 없었다. 돌아서는데 엄마의 눈동자가 설핏 흔들린 것 같았다. 다시 보니 여전히 허공 어딘가를 바라보고 있다. 그럼 그렇지. 나는 불쑥 화가 치밀었다. 잘 가, 인사도 하고 손도 흔들어야지. 이것 때문에 그래? 나는 억제대를 풀고 손목을 주물렀다. 그때였다. 누군가 면회시간이 끝났다고 크게 소리쳤다. 나는 주무르던 손을 놓고 엄마에게서 돌아섰고 천천히 오던 길로 되돌아 나갔다. 입구에는 보호자들이 몰려 나가느라 몹시 혼잡했다. 나는 그들이 빠져나가길 기다렸다가 신발장에서 신발을 꺼냈다. 그런 다음 바닥에 신발을 놓는 순간 휘청하고 다리가 꺾여 바닥에 쓰러졌다.

*

나는 분만대기실에 누웠다. 진통이 시작된 지 벌써 열 시간이 지났다. 통증이 발생하면 엄마를 부르고 절망이 찾아오면 아이를 낳을 수 있을지 걱정한다. 건물은 기역자 모양이다. 수술실을 가운데 두고 엄마와 나는 같은 층에서 데칼코마니처럼 나란히 누워 있다. 엄마는 지금 어떤 상태일까? 오 분 간격이던 통증이 삼 분으로 짧아지면서 산통도 점차 거세진다. 사타구니 한 지점에서 시작된 통점이 온몸의 뼈마디를 흔들고 정수리로 빠져나간다. 손가락 하나도 움직일 수가 없다. 엄마! 소리를 지르다가도 나는 주춤하고 놀란다. 엄마를 부르다니. 통증을 겪기 전 나는 산고는 출산하는 모든 임산부들이 겪어야 하는 일이라고 생각했다. 막상 진통이 시작되자 나는 속수무책으로 무너진다. 동물처럼 울부짖으며 죽어가는 엄마를 부르고 있다. 원망도 서슴지 않는다. 이를 앙다물고 소리친다. 제발. 엄마! 모성을 그리는 본능은 끝이 없는 걸까? 나는 미친 년처럼 울다 웃는다. 죽을 것만 같다. 아이를 무사히 낳을 수 있을까.

이 주 전이었다. 응급실에 도착했을 때 의료진은 맨 먼저 엄마의 가슴에 구멍을 뚫었다. 호흡이 막힐 염려가 있어 기도를 확보했다는 설명이었다. 그러자 껵껵거리는 숨을 내쉬던 엄마는 잠시 안정을 찾은 것 같았다. 입원 수속을 하고 다인실로 옮긴 다음날 오후였다. 엄마의 왼쪽 코에 튜브를 삽입한 주치의가 엄마의 상태를 설명했다.

"튜브 삽입은 내부 출혈이 있는지 확인하려는 겁니다. 장기에서 출혈이 생길 시 지혈이 안 되면 환자는 과다 출혈로 죽게 되죠."

"회복이 어렵다는 말인가요?"

"서로 힘든 일입니다. 그래서 환자 상태가 좋을 때 퇴원을 권했던 겁니다."

의사는 내 선택을 비난하는 듯했다. 나는 전날 막 병실에 짐을 풀었던 때를 상기했다. 내가 망설이자 그는 퇴원 후 삼 일 이내에 환자가 사망하면 의사가 책임을 피할 수 없다고 했다. 그렇다고 엄마를 퇴원시켜 시골로 갈 수도 없었고 시댁으로 들어갈 수도 없었다. 나는 생존 가능성에 대해 다시 물었다. 전혀 없나요? 의사는 단호했다. 전혀요. 죽음에 대한 가능성을 15점 만점으로 가정하면 이 환자의 경우 완벽한 15점에 가깝습니다. 반드시 죽게 되죠. 그는 한 치의 가능성도 없다며 만점을 강조했다. 세상의 모든 시간을 길이로 환산할 수 있는 것처럼, 삼십 센티 자로 손바닥을 탁탁 때리면서 만점입니다, 라고 선고하듯 말했다. 왜 하필 15점을 만점으로 선택했을까?

10점이나 100점이 아닌 30의 절반을 만점이라고 하다니. 나의 생각을 눈치 챈 듯 의사가 덧붙였다.

"환자의 상태가 위중하니 우선은 일인실에 있어야 할 것 같아요. 중환자실 자리가 나면 곧 바로 이동조치 하겠습니다."

자신의 발언에 문제가 없었음을 보여주듯 위중함을 강조한 의사가 병실을 나가자 나는 핸드폰으로 튜브를 검색했다.

레빈 튜브 : levin-번갯불, 전광, tube-고무나 바퀴에 바람을 채우는 관.

생명의 불씨를 지피기 위해 관을 통해 바람을 넣는다. 바람을 넣으면 살아날 수 있을까? 관의 의미를 생각하기도 전에 간호사 둘이 이동 침대를 밀고 들어와 가림막을 걷어냈다. 병실 사람들의 시선이 한꺼번에 나와 엄마에게로 쏠렸다. 나는 그들을 등지고서 엄마의 얼굴을 가렸다. 뼈만 남은 엄마의 몰골은 흡사 미라처럼 보였다. 왕방울만한 눈은 허공을 응시하고 있으나 초점이 흐렸고 볼은 홀쭉하게 들어가 좀비처럼 보였다. 입술 사이에 피딱지가 가득했다. 간호사들이 엄마를 이동 침대로 옮기느라 부산을 떠는 동안, 나는 그 피딱지가 몹시 거슬려 뜯고 싶어 손을 뻗었다가 순간 주춤했다. 피가 나면 멈추지 않을 거라던 의사의 경고가 생각났기 때문이었다. 문득 그런 상상을 했다. 엄마가 피를 줄줄 흘리며 깨어나 이게 다 너 때문이라고 소란을 피우고 나는 엄마의 진정시키느라 진땀을 흘린다. 가능성이 없는 것도 아니었다. 엄마는 자주 부활했다. 다 죽어가다가도 어느 순간 기력을 회복했고 제정신이 아닌 상태로 내게 악다구니를 써댔다. 생각만 해도 끔찍했다. 내가 상상하는 사이에 간호사들이 이동 침대를 밀고 병실을 나서고 있었다. 나는 엄마의 옷가지가 든 검정 비닐봉지를 들고서 이동 침대를 따라갔다.

*

산부인과에서 정기검진을 받고 돌아온 직후였다. 임신 중독이 우려된다는 의사의 말에 온통 신경이 곤두선 상태였다. 아무것도 모르는 엄마는 그날도 전화를 걸어 짜증을 냈다. 먹을 게 없다는 거였다. 딸이 임신하면 맛있는 것도 해주고 이것저것 알려줄 것도 많다는데 엄마는 푸념과 불평을 달고 살았다. 나는 엄마가 지긋지긋했다.

"썩을 년, 기껏 키워놨더니 엄마가 죽어도 모르겄다. 나는 여기서 굶어 죽을란다."

"그럼 죽던가."

엄마는 입버릇처럼 죽겠다고 했으나 말뿐이어서 모질게 행동한 적은 단 한 번도 없었다. 어쩐지 그날은 진심인 것 같기도 했으나 지쳐 있던 나는 아무래도 상관없다고 생각했다. 차라리 없는 게 나을 것 같았다. 홧김에 전화를 끊고서 핸드폰을 무음으로 설정했다. 그러고는 폰을 협탁 서랍에 넣어두었다. 보이지 않게 치워버린 것이다. 엄마가 핸드폰 번호를 못 외운다는 사실을 알면서도 아랑곳하지 않았다. 엄마는 다중인격자 같았다. 평소 내성적이고 얌전한 엄마는 누군가 말을 건네지 않으면 종일 입을 다물었지만 술을 마시면 돌변했다. 엄마는 수시로 내게 전화를 걸어 불안을 호소했다. 누가 날 죽이려고 한다, 자는 동안에 누가 들어와서 손목을 그어놓았다, 핏자국이 방바닥에 떨어져 있다. 그러면 나는 고속버스를 타고 세 시간 거리를 한달음에 달려 마도리로 갔다.

막상 엄마를 만나면 허탈감에 피가 거꾸로 솟는 기분이었다. 핏자국은 양파즙을 흘린 자국이었고 손목의 상처는 무엇엔가 긁힌 자국이었다. 나는 엄마의 실체를 확인할 때마다 좌절감에 빠져서는 집으로 돌아와 며칠을 앓아누웠다. 세 번쯤 그러고 나서는 곁에서 보살피는 편이 나을 것 같아 엄마를 집으로 모셔 오기도 했다. 그러면 엄마는 아파트가 답답하다며 삼사 일을 못 넘기고 다시 시골로 내려갔다. 그것이 알코올 중독이 심할 때 겪는 섬망증이라는 것을 나는 몰랐다. 엄마가 지긋지긋했다. 나는 태교에 전념하고 싶었다. 예쁜 것을 보고, 예쁜 생각을 하고, 음악을 들으며 아이와 교감하고 싶었다. 임신 초기부터 시달렸으니 만삭이 되자 엄마가 지겨웠다.

통화가 되지 않는다며 남편이 한밤중에 찾아왔다. S시 건설 현장에서 일하는 남편은 한 달에 한 번 겨우 집에 올 만큼 바쁜 사람이었다. 핸드폰을 꺼내 보니 부재중 전화와 카톡이 수십 통이나 찍혀있었다. 엄마와 싸웠다는 말에 남편은 그러지 말라며 나를 달랬다.

"장모님은 환자야. 엄마가 아니라 환자를 돌본다고 생각해. 간호사처럼. 그럼 한결 나아질 거야."

나는 고개를 끄덕였지만 남편이 가고 나서도 전화를 받지 않았다. 이틀째, 오후 세 시가 지나서야 나는 핸드폰 벨 소리를 켰다. 기다렸다는 듯이 벨이 울렸다. 오빠였다.

"엄마가 통화가 안 돼서."

"그걸 왜 나한테 묻는 거야?"

엄마일 거라고 짐작했던 나는 오빠에게 버럭 짜증을 냈다. 오빠는 미안하다며 긴 한숨을 내쉬며 전화를 끊었다. 퍼뜩 정신이 들었다. 나는 서둘러 병원 원무과에 전화를 걸었다. 남자 직원이 불친절하고 냉랭한 목소리로 퇴원한 지 며칠 됐다고 했다. 순간 가슴이 철렁 내려앉았다. 병원에 없다면 집에 있는 것이 분명했다. 계속해서 집으로 전화를 걸었다. 어떤 때는 통화 중이었고 어떤 때는 신호음만 울렸다. 통화 중 신호가 몇 번 반복되고 나서야 나는 그것이 살아있다는 신호 같아 안도감이 들었다. 그러자 순간 배가 고팠다. 부엌으로 가 프라이팬에 기름을 둘렀다. 앞 동에 반사된 석양빛이 쪽창으로 들어와 부엌이 환했다. 아침인 줄 착각할 만큼 빛이 밝아서 마음도 환해졌다. 계란프라이 두 개를 만들어 식빵에 딸기잼을 발라 먹었다. 그러고 나니 앞 동 몇 집에 불이 켜졌다. 불현듯 불이 꺼진 집에도 사람이 있을지도 모른다는 생각이 들었다. 다시 조바심이 일었다.

옆집에 전화를 걸었다. 아저씨가 받더니 최근에는 엄마를 보지 못했다며 병원에 알아보라고 했다. 며칠 전에 퇴원했대요. 나의 불안을 짐작한 아저씨는 집에 다녀오겠다며 전화를 끊었다.

십 분 뒤 아저씨에게서 전화가 걸려왔다.

"어떤가요, 살아계셔요?"

대뜸 생사부터 묻고서 민망해진 나는 잠시 침묵했다.

"당장 내려와야 쓰겄다. 와서 이야기 하자."

전화기를 내려놓는 순간 아저씨의 깊은 한숨 소리가 들려왔다.

다급해진 나는 오빠에게 전화를 걸었다. 오빠는 팔던 생선을 떨이로 넘겨도 한밤중에나 도착할 거라고 했다.

새벽 한 시쯤에 오빠가 도착했다. 생선비린내가 진동하는 트럭에 올라탄 나는 차가 흔들릴 때마다 두 손으로 배를 감싸고서 마도리로 갔다.

*

가로등 아래 시골집은 온기라고는 없어 보여 빈집 같았다. 엄마! 마당에서부터 엄마를 불렀지만 안에서는 기척이 없었다. 트럭 소리를 들었는지 아저씨가 마당으로 들어왔다. 샤시문도 다 잠가놓아서 내가 강제로 열었다. 고맙다는 인사를 한 오빠가 먼저 방으로 들어가고 나는 느리게 토방 마루로 올라섰다. 그러고는 구석에 놓인 대야와 양동이를 발견했다. 엄마가 쓰던 물건들이었다. 한때 반질거리던 대야와 양동이 위에는 켜켜이 쌓인 먼지들이 뿌옇게 앉아있었다.

젊은 날에 엄마는 한여름 땡볕에도 한겨울 살얼음에도 개의치 않고 다라이를 밀고 양동이를 들고 호미로 갯벌을 뒤집으며 낙지를 잡았다. 꽃게, 소라, 민물장어와 자연산 전복도 가끔 잡히는 수확물이었다. 잡은 해산물은 대부분 돈이 됐지만 돈이 안 되는 것도 있었다. 새끼 낙지와 새끼를 키우는 어미 낙지였다. 오월부터 더위가 끝날 때까지 낙지의 산란기였다. 새끼낙지와 어미는 항상 세트로 딸려왔다. 어미 낙지는 새끼 낙지를 지키느라 도망가지 않는다고 했다. 엄마는 팔아도 값이 없는 새끼낙지와 작은 게를 된장국에 넣어 끓여냈다. 민물장어는 어지간하면 다 내다 팔았는데 성체가 된 민물장어는 비싼 값에도 사람들이 서로 사갈 정도로 좋아했다. 민물장어를 잡는 사람은 동네에서도 두세 사람뿐이었다. 민물장어를 잡아 온 날 엄마는 전쟁터에서 살아 돌아온 병사처럼 보였다. 얼굴, 머리, 팔다리, 옷에도 개펄이 잔뜩 묻어 있었다. 그런 날에는 나도 할 일이 생겼다. 양동이를 들고 오십 미터쯤 달려가 수문에서 갱물을 떠 날랐다. 물을 부어주면 민물장어는 지느러미를 부드럽게 움직이며 유영하듯 떠 있었다. 나는 등지느러미를 만지고 싶은 충동이 일었지만 그러지 못했다. 건드리면 힘차게 튀어 올라 바다로 날아가 버릴 것 같아 두려웠다. 대신에 새끼 낙지를 괴롭혔다. 옹기종기 모여 있는 목화송이 같은 새끼 낙지를 손가락으로 몇 번 눌러보다가 반대편에 축 늘어져 있는 어미 낙지도 찔러 보았다. 물컹했다. 물속에서 흐물거리며 녹아날 것 같은 물컹함에 나는 흠칫 놀라 대야에서 물러났다. 죽음을 알지 못한 나이였지만 왠지 모르게 불안해진 나는 이 낙지는 왜 힘이 없어요? 하고 물었다.

"새끼 낙지는 어미의 살을 먹고 자란단다. 그랑께, 구덩이에서 어미 낙지를 끄집어내면 새끼낙지들이 주렁주렁 고구마 엮이듯이 달려 나오제. 니들 엄마가 꼭 어미 낙지를 닮았어야."

방에서 식사하던 아버지가 엄마 대신 대답했다. 찬물에 밥을 말아 한술 뜬 엄마는 수저를 내려놓기 바쁘게 상을 치우고 우물가로 가서는 세수를 했다. 수건으로 얼굴을 닦고 그것으로 똬리를 틀어 머리에 올렸다. 그러고는 대야를 토방 마루 끝에 올리고서 무릎을 꿇었다. 다라이를 머리에 이고 일어설 때는 오금지에서 뚜둑 소리가 났다. 물이 넘치지 않게 중심을 잡은 엄마가 대문을 나설 때쯤이면 아버지가 방문을 열고서 크게 소리 질렀다.

"거 올 때 짜장이나 한 주전자 사오소."

그러고는 라디오 볼륨을 높이고 아랫목에 누워 노래를 읊조렸다. 연분홍 치마가 봄바람에 휘날리더라, 울어라 열풍아, 낙엽이 우수수 떨어진 밤, 을 박자와 상관없이 엿가락처럼 늘려가며 구슬픈 감정을 실어 노래를 불러댔다. 나는 엄마가 없는 동안 집 밖으로 나가 돌담을 기웃거리기도 하고 수문가를 오가며 그늘진 곳에 쭈그려 앉아 혼자서 공기놀이를 했다. 그러다가 지치면 멀리 삼거리까지 나가 소나무 그늘에서 엄마를 기다렸다. 나뭇가지로 흙을 뒤져가며 개미를 살피고 길가에 피어난 풀꽃과 작은 곤충들을 구경하면서 엄마를 기다리면 머리에 대야를 이고서 신작로를 걸어오는 엄마가 보였다. 나는 강아지처럼 쪼르르 달려가 코를 킁킁거리며 엄마가 이고 온 냄새를 맡았다. 고소한 냄새가 나는 날에는 주전자에 짜장 소스가 가득 들어 있었다. 그날은 저녁으로 짜장밥을 실컷 먹을 수 있었다.

아버지는 내가 자라는 동안 연이어 사업에 실패했다. 사업이라야 구멍가게 수준이었지만 우리집 형편에는 적잖은 타격이었다. 어장을 하다가 그물값을 빚졌고, 고구마 중매업에 나섰다가 중간 상인에게 받은 선수금을 동네 형님에게 몽땅 털려 곤욕을 겪기도 했다. 동네 형님은 누구나 알아주는 도박꾼이었다. 그해 겨울에는 고구마 값을 받으려고 동네 사람들이 집으로 찾아와 아랫목에 드러눕기도 했다. 아버지가 정말 몰랐을까, 도박꾼이라는 그 인간에게 왜 돈을 쥐여 주는 지 이해할 수가 없었다. 그러지 않고서야 어떻게 돈을 빼앗길 수가 있지 하는 의심이었다. 한 해에는 소작을 얻어 벼농사를 지은 적도 있었다. 딱 일 년이었다. 내가 처음으로 쌀밥을 실컷 먹을 수 있는 해였다. 아버지가 논농사도 그만두자 엄마는 술을 마시기 시작했다. 저녁 먹은 설거지가 쌓여 있고 밥 대신 라면을 끓이고 김장을 담그다가 도중에 잠들기도 했다. 엄마의 술병이 깊어 가던 차에 어쩐 일인지 아버지가 일을 나가기 시작했다.

마을 뒷산 끝자락에 항구가 세워졌다. 그곳에 제주를 오가는 화물선이 정기적으로 드나들었다. 선박에서 귤 상자를 내릴 인력이 필요하다고 했다. 많은 노동자들이 마도항으로 몰려들었고 노조가 생겨났다. 아버지는 노조에 가입하고 일거리가 있을 때마다 항구에서 하역작업을 했다. 번 돈을 푼푼이 모은 아버지는 토방 마루에 샤시를 달고 블록으로 담장을 쌓았다. 엄마가 길갓집이라 무섭다고 했다며 샤시를 달고 아버지는 뿌듯해했다. 난생처음 엄마를 위해 집을 고친 아버지는 일

년도 안 되어 암에 걸렸다. 아버지는 아픈데도 일을 다녔다. 죽는 날에도 일하고 돌아와서 식사 후에 홀로 통증을 견디다가 죽었다.

방안에서는 썩은 내가 진동했다. 이불을 깔고 엎드려 있던 엄마는 내가 부르자 잠시 고개를 들었다가 다시 엎드렸다. 반사적인 행동이었다. 방안은 약봉지와 빈 소주병과 말라비틀어진 오징어 눈알이 널브러져 있었다. 윗목에 뚜껑이 없는 스테인리스 요강이 보였다. 내가 코를 막고 방문을 열자 아저씨가 요강은 비웠다고 했다. 방안 어디에도 식사한 흔적은 없었다. 병원에서 나와 술만 마신 것이다.

읍내 병원에 도착했을 때는 새벽 네 시 반이었다. 엄마를 진료한 의사는 간성 혼수상태라며 독소를 빼는 것이 급선무라고 했다. 설사약이 투여되고 간호사가 내게 대변기를 주고 밖으로 나갔다. 밤새 운전하느라 눈이 벌건 오빠는 잠을 자러 차로 갔고 병실에는 나 혼자였다. 대변기를 들고서 엄마 곁을 지켰다. 혼수상태여도 배변 본능은 살아 있었다. 엄마는 화장실에 가야 한다며 벌떡벌떡 일어났다. 눕히는 일은 쉽지 않았다. 허리가 결려왔다. 뱃속 아이에게 해가 될까 신경이 쓰였다. 의사는 십 분 간격이라 했는데 엄마는 오 분 간격으로 반응했다. 엄마의 본능은 언제까지 계속될 것 같았다. 할 수 있다면 목이라도 조르고 싶었다.

"누워 있어!"

"응! 화장실 가야 돼."

"여기다 눠!"

두 시간이 지나자 나는 맥이 풀려 스툴에 주저앉았다. 다행히도 설사가 멈추었고 이내 엄마는 잠이 들었다. 잠시 주어진 휴식에 나는 안도감을 느끼며 침대 모서리에 기대 눈을 붙였다. 하지만 그건 정말이지 아주 짧은 숨 고르기에 불과했다. 아침에 출근한 전문의가 보호자 면담을 요청했다. 의사는 알코올 중독 환자의 경우 예후가 천차만별이어서 일 년을 살지 십 년을 살지 모른다고 했다. 입원을 시킬지 모시고 갈지 보호자가 결정하라고 했지만 나와 오빠는 순간 난감해서 할 말을 잃었다. 곧 출산이 임박한 나는 적어도 두 달은 꼼짝 못 할 처지였다. 어쩔 수 없지. 오빠가 대책도 없으면서 서울로 모시겠다고 했다. 남편에게 전화를 걸어 상황을 설명했다. 남편은 혹시 모르니 신길동에 있는 종합병원이 좋겠다고 했다. 시댁 근처였다. 필요하면 연락하겠지만 나는 그런 일이 발생하지 않길 바랐다.

서울로 가기 전에 집에 들러 간단한 옷 가방을 챙겼다. 김치와 밥을 차려 대충 점심으로 때우고 근처 응급실이 있는 병원으로 가 수액을 교체했다. 지혈이 안 돼서 한참을 고생했다. 고속도로를 달리는 동안에 엄마는 별 이상 없이 얌전하게 앉아 있었다. 막히지 않으면 30분 후 병원에 도착할 예정이었다. 톨게이트를 빠르게 통과한 트럭이 반포를 지나 동작대로를 향하고 있었다. 바람이 불어 꽃잎이 창가로 날아들었다. 강변을 따라 만개한 벚꽃이 봄 햇살에 흐드러졌다. 물비늘이 가득한 한강을 바라보다가 때마침 다리를 가로지르는 열차를 발견했다. 나는 현실을 잠깐 망각하고 풍경이 아름답다고 생각했다. 이내 긴장이 풀려서인지 자울자울 졸음이 몰려왔다. 소리가 난 건 그때였다. 끽, 끽. 한강 다리를 건너는 열차가 내는 소리라고 하기엔 너무 멀리 있었다. 퍼뜩 정신이 들었다. 나는 소리의 근원지를 찾느라 엄마를 살폈다. 표정이 말짱했다. 차에서 나는 소리야? 오빠는 아니라고 고개를 저었다. 나는 엄마의 가슴에 귀를 갖다 댔다. 목에서 나는 소리였다. 아무렇지도 않은 얼굴로 복화술사처럼 소리를 내고 있었다. 당장이라도 숨이 멈출 것만 같았다. 빨리 가! 오빠를 채근했다. 오빠는 깜빡이를 켜고서 가속 페달을 밟았다. 차선을 넘나들며 이십 분쯤 달리자 신길동 사거리가 나타났다. 병원으로 이어진 입구가 두 곳이었다. 오빠는 바뀐 신호를 따라 핸들을 돌렸고 이어 응급실 앞에 차를 세웠다.

*

일인용 병실은 죄수용 독방 같았다. 티비, 냉장고, 화장실까지 있었지만 공간이 좁아서 그런지 몹시 답답했다. 미처 치우지 못한 시트에는 검붉은 핏자국이 남아 있었다. 간호사 한 명이 재빨리 시트를 벗겨냈다. 그사이 밖으로 나간 간호사가 새 침구 세트를 챙겨 왔다. 나는 손에 든 검정 봉지를 들고 서서 그들을 지켜보았다. 봉지에는 초록색 슬리퍼, 언젠가 생일선물로 사준 크로커다일 꽃무늬 블라우스, 검은 통바지가 들어 있었다. 쓸모가 없을지도 모르는 물건들이었다. 시트를 까느라 어려 보이는 간호사가 팔을 쭉 뻗는 순간 균형 잡힌 허리라인이 선명하게 드러났다. 행동도 매우 민첩해서 순식간에 일 처리가 완료됐다. 퉁퉁 부은 내 모습과는 너무 대조적이었다. 그녀가 베갯잇을 정돈해 침상에 내려놓자 반대편에 선 간호사가 링거대를 옮겨 줄을 정리했다. 그러고는 두 사람이 엄마를 침대로 옮겼다. 머리가 닿기 전에 끊어진 머리카락이 베갯잇에 먼저 떨어졌다. 그들이 나가자 나는 검정 봉지를 사물함에 넣고서 블라인드를 걷어 올렸다. 창문은 서쪽으로 나 있었다. 지는 햇살이 침대 머리맡까지 들이친 햇살에 날아오른 먼지가 뿌옇게 보였다. 베갯잇도 형광등도 시트도 병실은 온통 누렇게 보였다. 블라인드를 닫고서 나는 초록색 보조 침대에 누웠다. 형광등 커버에 켜켜이 쌓인 먼지 사이로 죽은 날벌레가 보였다. 뭐라도 밟고 올라가 벌레를 치우고 싶었지만 마음뿐이었다. 몸을 옆으로 비틀자 옆구리에서 뽀글거리는 소리가 들려왔다. 산부인과 의사의 당부가 생각났다. 이상증세가 나타나면 즉시 내원하라고 했다. 사타구니로 무게가 쏠리는 것이 불안했지만 당장은 아니었다. 일어나 앉아 주머니에서 핸드폰을 꺼냈다. 오빠와 남편에게 일인실로 옮겼다는 톡을 전송했다. 잠시 후에 답문이 도착했다. 오빠였다. 오늘은 너무 늦어서 내일 새벽시장에 들렀다가 오겠다고 한다. 곧이어 남편이 전화를 걸어왔다. 걱정하는 목소리여서 나는 엄마가 중환자실에 들어가면 집으로 갈 거라고 했다. 남편은 끼니를 거르지 말라고 당부하고 전화를 끊었다.

티비를 틀었다가 꺼버렸다. 엄마가 볼까 싶었지만 눈동자는 여전히 허공 어딘가에 멈춰 있었다. 다시 보조 침대에 누웠다. 인기척에 눈을 떴을 때는 언제 매달았는지 가로대 아래 병 옆으로 소변줄이 매달려 있었다. 갈수록 튜브가 하나씩 늘어나고 있었다. 나는 눈앞에 노오란 액체를 빤히 바라보다가 몸을 돌려 다시 눈을 감았다.

꿈을 꾸었다.

어둠이 깔린 바닷가에서 사람들이 민물장어를 낚아 올렸다. 올라온 장어마다 칼로 베인 듯 꼬리가 잘려있었다. 나도 그들처럼 낚싯대를 들어 올렸다. 새끼 장어가 올라왔다. 축 늘어져서 죽었는지 살았는지 알 수가 없었다. 다행히 꼬리가 온전히 붙어 있었다. 장어를 검정 봉지에 담고서 어두운 길을 걸어 어딘가에 도착했다. 엄마가 장어와 사투 중이었다. 장어가 요동치자 엄마가 쓰러졌다. 장면이 바뀌고 병실에 엄마와 내가 나란히 누웠다. 어디선가 튜브가 날아와 엄마의 머리맡에 툭 떨어졌다.

그것은 마치 잘못 자른 탯줄 같았다.

밤새 간호사가 들락거리며 혈압을 체크하고 나갔다. 나는 누워서 그들이 무얼 하는지 지켜보았다. 아침에 일어나보니 엄마의 흰자위에 가늘게 핏발이 서 있었다.

*

의사가 중환자실에 자리가 났다며 동의서를 내밀었다.

"잘 읽어보시고 보호자란에 서명하세요."

"서명까지 받는 이유가 있나요?"

"의료분쟁이 빈번히 일어납니다. 아내가 간성 혼수상태인 남편의 심폐 소생술을 원치 않아 퇴원 조치했는데, 환자의 남동생이 뒤늦게 나타나서 의사를 임무 태만으로 고소했죠. 결과적으로 의사가 패소했습니다. 신중하게 선택하셔야 합니다."

퇴원도 불가능하다, 동의서를 작성해야 중환자실에 입소할 수 있다, 그것을 선택이라 할 수 있을까? 신중하게 선택하라는 그의 말에는 모순이 있다. 내게는 선택할 여지가 없다는 것을 간과하고 있는 걸까. 그가 안다고 해도 결론은 마찬가지일 거다. 나는 의사를 등지고서 오빠에게 전화를 걸었다. 오빠는 미아 시장 어딘가에서 트럭을 세워놓고 생선을 팔고 있을 것이다. 손님과 흥정 중인지 전화를 받지 않는다. 녹음기에서 흘러나온 오빠의 느린 음성이 확성기를 타고 시장에 울려 퍼질 것이다. 생선이 왔어요. 싱싱한 제철 쭈꾸미 사세요. 싱싱한 고등어나 조기도 있어요! 서울로 올라오는 길이었다. 오빠가 라디오를 켠다는 게 녹음기를 눌렀다. 잡음이 먼저 깔리고 기계음으로 변조된 남성의 느린 목소리가 흘러나왔다. 오빠가 정지 버튼을 누르고 나서야. 나는 그것이 오빠의 목소리라는 걸 알아차렸다.

의사가 더 이상 기다릴 수 없었는지 어디론가 가버렸다. 한동안 나는 동의서가 뚫어지도록 들여다보았다. 얇은 종이 두 장에 글씨들이 깨알처럼 가득했다. 집중하려고 해도 전문용어여서 이해할 수 없는 문구들이었다. 선택은 오로지 나의 몫이었다. 내 결정에 따라 달라진다면 신중해야 할 것이다. 누가 이렇게 복잡한 규칙을 만드는 걸까? 생명이 위독한 환자를 방치하면 보호자도 처벌받는다고 한다. 이런 건 내 선택사

항이 아니라고 누군가를 붙들고 항변하고 싶다. 병원비를 책임질 수 없는 보호자는 어떻게 해야 하나. 남편의 월급으로는 전세 대출금 이자를 내고 나면 출산 비용도 감당하기 버거울 것이다. 규칙은 누가 만든 걸까. 지켜야 할 규칙이 너무 많아 최악의 순간에나 겪게 될 문제는 예상하지 못했을까. 항의를 해볼까? 규칙이 그렇습니다. 형식적인 대답이 돌아올 것이다. 의사는 원무과로, 원무과에선 의료보험 공단으로 가라고 할 것이다. 그 다음엔 어디로 가야 하나. 나는 종이 두 장을 앞에 두고 무지한 사람이 된 것 같았다. 잠시 사라졌다 나타난 의사가 데스크 앞에 서서 차트를 거칠게 넘겼다가 내려놓았다. 나는 마지못해 볼펜을 들어 올렸다. 볼펜이 미끄러져 바닥으로 떨어졌다. 의사가 재빨리 다가와 갖고 있던 펜을 내게 내밀었다.

이후로 나는 중환자 보호자용 대기실에서 생활했다. 약 오십 명 가량의 보호자들이 형편에 따라 가족과 교대하며 그곳에서 대기했다. 거실처럼 넓은 공간에 양쪽 가장자리로 대형 냉장고 두 대와 티비 두 대, 전화기 한 대가 놓여 있었다. 가운데 공간에서 남녀가 혼숙을 하며 중환자실에서 연락이 오기를 기다렸다. 기다리는 동안 사람들은 잠을 자고 식사하고 무료한 시간에는 아무나 붙들고 서로의 처지에 대해 듣거나 털어놓았다. 그러다가 전화벨이 사납게 울리면 모두 바짝 긴장해서 이번에는 누가 호출되는지 숨죽여 기다렸다. 식사 중인 사람, 티비 시청 중인 사람, 수다를 떨던 사람, 잠을 자던 사람까지도 벌떡 일어나 귀를 세웠다. 김근실씨 보호자 분! 전화를 받은 사람이 환자 이름을 호명하면 보호자는 전화를 받고서 4층 중환자실로 올라갔다. 나머지 사람들은 다시 웅성거리며 호출된 환자 상태에 대해 수군덕거렸다. 수술을 막 마친 경우를 제외하면 둘 중 하나였다. 일반실로 옮기거나 임종을 앞두고 있거나.

하루 이틀 버티다가 어느새 이 주가 지났다. 매점을 오가며 김밥과 컵라면으로 식사를 해결하던 나는 점점 지쳐갔다. 부종이 심해서 일어나기도 힘들었고 걸을 때마다 사타구니로 무게가 쏠려 불안했다. 마지막으로 엄마를 보다가 양수가 터진 것이다.

*

의사가 감염 위험이 있다며 분만 유도제를 투여했다. 몇 시간째 경미한 통증이 일더니 새벽이 되자 본격적인 산고가 시작됐다. 불현듯 아이를 낳지 못할 것 같은 두려움이 엄습했다. 그제야 라마즈 호흡법을 익히지 않는 걸 후회했다. 블로그를 검색했던 기억을 되살렸다. 3초 호흡이었다. 하나 둘 셋, 들숨에 습습습. 하나 둘 셋, 날숨에 흡흡흡. 몸을 이완시키라고 했다. 행복한 기억을 떠올리라고 했던가? 반복해서 익히는 게 중요하다고 했다. 익히지 않은 걸 후회한다. 통증은 사타구니 한 지점에서 시작된다. 무섭게 일어선 통증은 뼈마디를 관통하여 정수리로 빠져나갔다. 연이어 발생하는 통증에 나는 짐승처럼 절규한다. 호흡도 명상도 통증을 완화시키지 못한다. 절규가 이어지자 옆 침상의 보호자가 경험담을 들려준다. 하늘이 노랗고 별이 보여야 출산할 때가 된 거라고. 별을 그려본다. 하늘에 떠 있던 수많은 별이 어떤 빛이었는지 생각나지 않는다. 통증과 죽음만이 머릿속을 지배한다. 죽을 것 같다. 죽을 지도 모른다. 죽을 것이다. 두려움이 엄습한다. 아이를 낳지 못할지도 모른다. 수술이 필요하다. 수술해 주세요. 수술이요! 소리쳐도 대답이 없다. 잠에서 깼는지 간호사가 연신 하품을 삼키며 나타나 배를 만져보더니 아직 멀었다고 한다. 딱딱하게 뭉쳐야 아기가 나온다며 왼쪽으로 누워 쉬라고 등을 토닥인다. 간호사의 말대로 왼쪽으로 누워도 호흡이 막힌다. 응급이 아닌 건 확실한 걸까? 자꾸만 시야가 흐려진다. 엄마! 나는 엄마를 부른다. 엄마는 저 벽너머 중환자실에 있다. 환각처럼 엄마가 보인다. 누워, 누우라고! 나는 벌떡벌떡 일어나는 엄마를 눕힌다. 눕히고 또 눕혀도 엄마는 좀비처럼 살아난다. 다시는 못 일어나게 할 것이다. 나는 이를 앙다물고 어깨를 단단히 누른다. 언뜻 목을 누른 것 같기도 하다. 하나, 둘, 셋, 힘을 준다.

양수가 분수처럼 쏟아져 맞은편 벽까지 튄다.

"으아아앙!"

아이가 날카롭게 울어댄다. 여아, 몸무게가 2.62킬로그램. 인큐베이터를 겨우 면했네요. 의사가 말한다. 간호사가 아이를 내게 안긴다. 탯줄이 잘린 자리에 분홍집게가 앙증맞게 매달려 있다. 아가야, 엄마야. 엄마 목소리를 들은 아이가 울음을 멈추고 입을 벌려 오물거린다.

"소독은 날마다 해주셔야 해요. 씻길 때 배꼽이 물에 닿지 않게 조심하고요."

간호사가 몇 가지 주의사항을 덧붙이지만 더 이상 들리지 않는다. 나는 까무룩 잠이 든다.

제막식

승민은 역사에 들어선 순간 탄식하듯 웅얼거렸다.

"이렇게 웅장하단 말이지?"

드넓은 내부와 가장자리로 들어선 상가들과 삼층 높이의 천장에 매달린 기호 모양의 철제조형물이 외국의 어느 공항에 들어선 느낌이었다. 그러다가 문득 조형물을 지탱하고 있는 가는 와이어가 눈에 띄었다. 저게 괜찮을까? 그가 불안을 키워 의구심을 갖는 동안 누군가 어깨를 치고 지나갔다. 죄송합니다. 고개를 숙이고 보니 캐리어를 끈 젊은 남자가 쳐다보지도 않고서 저만치 멀어졌다. 길을 방해한 것 같아 한쪽으로 비켜선 승민이 퍼뜩 학창시절을 떠올렸다.

승민이 학교에 다니던 시절에만 해도 용산역은 오래되고 낡아서 전체적으로 잿빛이었다. 그 시절 복학생이던 승민은 용산역에서 1호선으로 갈아탔다. 배차 간격이 길어서 다음 열차를 타면 수업 시간에 지각이었다. 하필 첫 타임 교수는 출석 체크에 성실했다. 지각을 면하려면 죽어라 뛰어야 했다. 계단을 두 칸씩 오르내리느라 낯선 사람들과 자주 부딪치기도 했다. 그때나 지금이나 사람들이 많다는 점은 달라지지 않았다. 졸업하고 귀농을 했으니 강산이 두 번은 바뀐 이야기다. 역사가 다시 지어졌다는 이야기는 뉴스를 통해 접했지만 이렇게나 거대할 줄은 상상하지 못했다. 잠시 감회에 젖었던 그는 문득 생각난 듯 핸드폰으로 시간을 확인했다. 다행히 시간에 맞춰 가려면 아직 여유가 있었다.

회기역에서 준석을 만나 제막식에 함께 가기로 했다. 준석이 김 선배도 함께 할 거라고 했다. 모교 선배의 제막식이어서 동문들이 대거 함께하는 자리일 것이다. 하지만 승민이 상경한 목적은 따로 있었다. 세찬을 만나러 가는 길이었다. 모교 뒤 망미산 중턱 모서리에 벤치가 놓여 있었다. 세찬은 그곳 벤치에 앉아 산자락을 내려다보는 걸 좋아했다. 학교 정문 도로와 주변으로 오밀조밀 모여있는 주택가들 사이로 어둠이 내려앉아 하나둘 불빛이 켜지는 걸 보면 마음이 따듯하다고 했다. 승민은 세찬이 떠난 이후로 학교도 망미산도 처음이었다. 그는 다시 시계를 확인했다. 겨우 오 분이 지났다. 혹시나 잠시 한눈을 파는 사이에 시간이 훌쩍 지나버릴까 봐 걱정이었다. 지난밤, 잠을 설친 탓일까, 승민은 멍한 정신을 깨우기 위해 카페를 찾았다. 바로 왼쪽에 통유리벽으로 내부가 훤히 보이는 롯데리아가 있었다. 승민은 그곳으로 들어가 아메리카노 한 잔을 일회용 컵에 주문하고서 스텐드 테이블 앞에 섰다. 유리 벽 너머로 카트 가득 짐을 싣고 끌려가듯 걸어가는 한 남자가 보였다. 다리가 불편해 보이는 남자는 봄인데도 패딩을 입고서 힘겹게 한걸음 한걸음 전진하듯 걷고 있었다. 저러고서 어디를 가는 건지. 때마침 진동벨이 울려 주문한 커피를 찾아 왔을 때, 남자가 사라지고 없었다. 승민은 커피를 들고서 롯데리아를 나와 남자가 가던 방향을 살폈다. 저만치 사람들이 즐비하게 앉아 있는 대기석 옆 기둥 뒤에서 쓰레기통을 뒤지는 남자의 뒷모습이 보였다. 한참을 뒤적거려 뭔가를 집어 든 남자가 허리를 펴고 손에 든 것을 이리저리 살폈다. 그것은 먹다만 김밥, 햄버거 등이었다. 그는 주운 먹거리를 주머니에 넣고서 다시 이동했다. 이번에는 빠르게 걷더니 금지구역이라 써진 문을 밀고 사라졌다.

승민은 다시 대합실 내부를 돌며 커피를 홀짝였다. 다 마셨는데도 정신이 맑지 않아 스토리웨이로 들어갔다. 냉장고 앞에 서니 다양한 음료가 진열되어 있어 어느 것을 고를지 망설였다. 결국 블랙커피를 하나 집어 계산을 마쳤을 때 전화가 왔다. 준석이었다. 그는 이제 막 사호선을 탔다며 승민에게 어디냐고 물었다.

"용산역사, 다 바뀌어서 구경하는 중이야. 그런데 매표소가 안 보이는데?"

"사람들이 줄 서 있을 거야. 요즘은 발권기에서 표를 사거든."

"어, 알았어. 참, 김 선배는 만났어?"

"회기역에서 만나기로 했어. 좀 있다가 1번 게이트에서 보자."

며칠 전 전화를 걸어온 준석이 회기역 1번 게이트에서 만나자고 했다. 그러더니 김 선배도 함께 만날 거라고 해서 승민이 반문했다. 지하철을 탄다고? 맹인이라며? 괜찮아, 역마다 설치된 호출 벨을 누르면 역무원이 와서 도와줘. 차량마다 고유번호가 있어서 선배가 열차에 탑승해서 차량번호를 내게 보내줘. 그러면 내가 그곳에 가서 대기하면 돼. 이해는 됐지만 아무래도 믿기지 않아서 승민은 형체라도 보일 거라고 지레짐작하고는 이내 잊어버렸다.

통화를 마친 승민은 한쪽 벽을 향해 줄을 선 사람들을 찾아냈고 그곳으로 가서 맨 뒤에서 기다렸다. 잠시 후 차례가 됐다. 최신 발권기는 처음이었다. 예전에는 무인기와 창구가 혼재해서 매표소에서 표를 끊곤 했는데 이제는 매표소는 아예 찾아볼 수가 없었다. 기계음에 따라 화면을 터치하고 목적지를 입력하고 돈을 넣자 일회용 카드가 나왔다. 일회용 카드를 단말기에 대고 게이트를 지나자 거미줄처럼 늘어선 지하철 노선도가 벽면에 크게 붙어 있었다. 회선이 다양한 색으로 표시되어 있었지만 색약인 승민은 색을 구분할 수가 없어 난감했다. 그러고 보니 예전에 철로를 그대로 살린 듯했지만 선로가 늘어서 어느 출구로 내려가야 할지 선뜻 구분이 안 됐다. 바닥에 그려진 화살표를 살피며 경의중앙선을 찾던 중에 열차 도착 알람이 울렸다. 젊은 날 열차를 타기 위해 전력 질주하여 계단을 내려가던 그때처럼 승민은 부리나케 뛰어 내려가 열차에 탑승했다. 잠시 후 사람들 사이를 비집고 서서 벽에 붙은 노선도를 살폈다. 그러던 중에 안내방송이 들려왔다. 서울역입니다. 사호선으로 갈아타실 분은 이곳에서 하차하여 환승하시기 바랍니다. 승민은 열차에서 내려 사람들을 따라 환승로를 향했다. 얼마쯤 갔을까? 불현듯 목적지까지 곧바로 가야 한다는 생각이 들어 걸음을 멈췄다. 경의중앙선을 탄다는 게 일 호선을 탄 거였다. 핸드폰으로 길 찾기를 다시 하고 하차한 곳으로 돌아가 다음 열차를 기다렸다. 그러고는 이내 도착한 소요행에 탑승했다.

*

5월호 회보를 받아든 승민이 준석에게 전화를 걸어 다그치듯 물었다.

"망미산에 공원이 조성된다고? 정말이야?"

"어? 어."

준석은 제 잘못이라도 되는 양 말끝을 흐렸다. 그러면 벤치는? 벤치는 어떻게 되는 거야? 나도 모르겠어. 많이 달라졌을 거야. 이번에는 너도 참석해야지. 준석은 말머리를 돌렸다. 승민은 그곳이 어땠는지, 벤치가 무슨 색이었는지, 몇 시쯤에 햇살이 들었는지, 떠올렸지만 모든 것이 흐릿했다.

작년에 오래된 재심청구에서 무죄판결이 있었다. 간첩으로 몰려 이십사 시간이 지나기도 전에 수감자 중 여덟 명이 사형된 사건이었다. 희생된 사람 중에 모교 선배도 있었다. 동문회에서 선배님의 동상을 제작하자고 나섰고 다수가 동의했다. 후원금이 모이고 동상제작이 끝났다는 소식이 들려왔다. 이어 4월호에는 공원이 조성된다고 했다. 4월호 회보를 다시 살폈지만 부지는 의논 중이라는 소식만 실려 있었다. 하필 망미산 중턱에 공원이 조성될 거라고는 꿈에도 몰랐던 승민은 준석이 모르지 않았을 거라고 생각해 몹시 서운했다. 이해한다며 한동안 승민을 달래던 준석이 어쩔 수 없지 않냐고 한숨을 내쉬었다. 그곳은 세찬이 잠든 곳이었다.

지금이라도 돌아설까, 수없이 망설이며 승민은 모교를 향해 조금씩 나아갔다. 이제라도 세찬을 만나야 한다. 가서 그곳이 어떻게 변했는지 직접 확인해야 한다며 돌아서고픈 자신과 싸우는 중이었다.

사학년 초부터 승민은 반포에서 아르바이트를 했다. 학원 수업이었지만 선배가 알선한 수업은 고액 과외여서 벌이가 괜찮았다. 일 년 동안 돈을 모아 시골 밭에 감나무를 심을 계획이었다. 할머니가 돌아가신 이후로 산비탈에 있던 황토밭이 풀밭이 되어버렸다. 그 때문에 승민의 마음이 조급했다. 부모님은 귀농을 극구 반대하며 취직을 권했지만 승민은 뜻을 굽히지 않았다. 집안 분위기가 냉랭해서 그는 학교 학생회실에서 숙식하며 컵라면과 김밥으로 식사를 해결했다. 세찬이 그런 승민을 응원한다며 일주일에 서너 번 승민이 끝나는 시간에 맞춰 학원으로 찾아왔다.

"왜 자꾸 찾아와?"

"형이 생각나서요."

세찬은 학원 건물 일 층에 있는 서점에서 책을 보며 기다렸다. 수업이 끝난 승민은 슈퍼에서 소주 한 병과 새우깡을 사서 세찬의 어깨를 감싸고는 근처 공원으로 갔다. 잔디밭에 신문을 깔고 앉아 소주를 마시며 귀농에 대한 플랜을 짰다. 자신도 귀농하고 싶다던 세찬은 승민의 계획을 마치 자신의 일처럼 좋아했다. 세찬은 술이 약해서 기분이 좋다며 소주를 홀짝이다 보면 금세 인사불성이 되었다. 승민은 취해 비틀거리는 세찬을 부축해 함께 미아리로 갔다. 버스를 타고 서울역으로 가면 사호선 막차로 갈아탈 수 있었다. 미아역에 도착해서 다시 버스를 탔다. 막차가 끊기면 삼양사거리까지 이십 분쯤 걸어갔다. 그곳에서 좀 더 올라가면 비탈진 곳에 세찬의 집이 있었다. 그런 날 승민은 세찬의 방에서 함께 잤다. 일어나 보면 한 상 가득 밥상을 차려 놓은 어머니 덕에 맛있는 아침을 먹을 수 있었다. 세찬의 어머니는 손맛이 좋아서 반찬이 다 맛있었는데 그중에서도 된장국이 으뜸이었다.

귀농한 이후로 승민은 일 년에 두 차례 상경했다. 분기마다 모임이 있었다. 모임 장소는 학교 앞 누나네 밥집이었다. 선배가 하는 밥집이었는데 인심이 좋아서 동문들이 자주 드나드는 모임 장소였다. 준석과 세찬과 후배 네 명이 함께 골방에서 소주를 마시며 서로의 근황에 대해 이야기했다. 한밤중이 되자 모두 거나하게 취해 있었다. 무엇 때문인지 그날 세찬은 여느 날보다 표정이 안 좋았고 근심이 가득했다.

"때로는 과감한 결단이 필요할 때도 있어."

부모님의 반대 때문일 거라고 짐작한 승민은 결단이 있어야 실행이 가능하다는 뜻을 강조하느라 목소리가 커졌다. 맞은편에서 낙서가 가득한 벽에 머리를 기댄 채 졸고 있던 후배 둘이 놀라 허리를 곧추세웠다. 옆자리에 앉은 세찬은 양은냄비에 담긴 식어 빠진 찌개 국물에 시선을 고정시키고서 뒤통수를 보이고 있었다. 짐짓 과했나 싶었지만 승민은 내친김에 덧붙였다.

"우리 아버지는 너 대신 내가 내려가마, 하셨지. 그런데도 내가 고집을 부리자 일주일 동안이나 가출을 하시더라고."

"뭐야? 이 숙연한 분위기는?"

때마침 화장실에 다녀온 준석이 자리에 앉아 분위기를 살폈고 승민은 기차 시간이 다 됐다며 먼저 자리에서 일어섰다.

기차를 탄 순간 잠들었던 그는 송정역에 도착해서야 깨어났다. 그 사이에 여러 통의 부재중 전화가 찍혀 있었다. 준석이었다. 전화를 걸자 준석은 세찬이 사고를 당했다고 했다.

"무슨 소리야? 많이 다쳤어?"

"얼른 올라와야겠다. 세찬이가 갔어."

길을 되짚어 서울에 도착했을 때는 출근 시간으로 도로가 혼잡했다. 택시를 탔으나 주차장처럼 늘어선 차들이 길을 막아섰다. 정체된 차들을 바라보며 승민은 현실이 아니면 좋겠다고 꿈이었으면 하고 바랐다. 일정대로라면 그 시간에 승민은 트랙터를 빌려 벼를 수확하는 중이어야 했다. 탈곡이 끝나면 길가에 검은 망을 깔고 가을 햇볕에 나락을 말리고 오후에는 늦은 점심을 먹고 학원으로 출근할 것이다. 하지만 차창 밖에는 회색 건물과 차량들 뿐이었다. 얼마쯤 지났을까? 정체가 풀려 택시가 달리기 시작할 때 기사가 라디오를 틀었다. 이수경이 발랄한 목소리로 푸르스트의 가지 않는 길을 낭송했다.

"숲속의 두 갈래 길이 있었다. 나는 사람들이 적게 간 길을 택했다. 여러분은 어떤가요? 자신이 선택하는 길에 만족하신가요? 모쪼록 그러기 위해 오늘 하루도 열심히 파이팅하시길 바랍니다."

파이팅! 승민이 세찬에게 자주 하던 말이었다. 문득 전화를 받을지도 모른다는 기대로 승민은 세찬의 번호로 전화를 걸었다. 긴 통화음이 이어지다 전화를 받을 수 없다는 기계음으로 넘어갔다. 택시가 한강을 건너고 있었다. 하늘도 강도 잿빛으로 가라앉아 곧 비가 쏟아질 것 같았다. 정체가 풀리고 택시는 목적지를 향해 달려 장례식장에 도착했다. 빈소에 후배들이 침울한 표정으로 모여 있었다. 그들 중에 키가 한뼘이나 더 컸던 세찬은 이제 더 이상 보이지 않았다. 해맑게 웃고 있는 영정사진만이 세찬의 부재를 증명하고 있었다.

세찬은 동기 두 명과 함께 택시를 타고 집으로 가다가 사고를 당했다고 한다. 회기동 큰 사거리를 지나다가 음주 운전자가 운전하던 승합차와 부딪쳤는데 택시가 뒤집혔다고 했다. 큰 사고였다. 운전자와 후배 둘은 가벼운 찰과상을 입었는데 세찬이 죽은 것이다. 승민은 그 일 이후로 모든 것이 부질없이 느껴졌고 누구에게랄 것도 없이 모두에게 적개심이 일었다. 그 때문에 그는 오랫동안 시골에서 칩거했다. 동문회에서 매달 보내오는 회보와 가끔 전화를 걸어 안부를 묻는 준석을 통해서 동기들과 후배 몇의 안부를 알고는 있었으나 공식행사에 직접 참석하는 것은 제막식이 처음이었다.

*

열차가 동대문역에서 정차하자 환승하려는 사람들로 출입구가 북적거렸다. 하차가 끝나고 승강장에 섰던 사람들이 우르르 탑승했다. 출입문이 닫힌다는 안내방송이 나오는 순간, 마지막으로 노신사가 열차에 타더니 바로 옆 지지봉에 기대섰다. 그러고는 들고 있던 서류 가방을 바닥에 내려놓고서 흰 지팡이를 접어 옆구리에 끼었다. 그가 다시 가방을 들고서 고개를 든 순간 승민은 짐짓 놀라 시선을 돌려 핸드폰을 보는 척했다. 안 본 척하면서도 여전히 곁눈질로 노신사를 살피던 그는 김 선배도 저런 모습일까, 생각했다.

지난 가을에 준석이 감식초를 담겠다며 감을 보내라고 했다. 감은 깎기 힘들다며 공짜로 보낸다 해도 마다하던 친구가 식초를 담는다니, 의아했던 승민이 꼬치꼬치 캐물었다.

"감식초를 담겠다고?"

"통풍에 좋대서. 참, 한의원으로도 한 박스 보내 줘."

"한의원은 왜?"

"아, 너는 모르는구나. 김 선배가 내 어깨 치료를 해줘서 인사하려고."

준석은 김 선배가 맹인이라고 했다. 눈이 안 보이는 한의사라니 상상이 안 됐다. 한의원에서 진맥하는 의사를 떠올리던 승민은 이내 저시력이겠거니 짐작한 것이다.

"선배 아들도 통풍 때문에 고생했는데 해마다 감식초 담가 먹고서 효과를 봤대."

준석은 한의원에는 특별히 좋은 걸로 보내라고 강조했다. 동문에게 감을 파는 건 처음이어서 승민은 조바심이 일었다. 뭐해? 겨우 두 상자 팔면서. 선별하던 승민이 감을 들었나 놨다 하는 양을 지켜보던 아내가 급기야 짜증을 냈다. 여태껏 판매는 아내가 담당했다. 최상품은 공판장에 출하시키고 나머지 처진 감은 친척과 지인들에게 싼값에 팔거나 거저 나누고 있었다. 감을 따다 말고 승민이 학원으로 출근하면서 뒷감당은 아내의 차지였다. 수확기는 한 달이나 한 달 보름이었다. 감은 익는 속도가 저마다 달라 일꾼을 사서 한꺼번에 딸 수가 없어 날마다 조금식 선별해서 따야 했다. 그러다 보면 한꺼번에 익기도 했는데 주로 손이 닿기 힘든 꼭대기에서 낙과가 발생했다. 바닥으로 떨어지는 홍시를 보며 아내는 늘 속이 탄다며 승민을 향해 지청구를 늘어놓았다. 농사는 누가 짓는다고 했냐, 그렇게 느려서 어떻게 일을 하느냐, 그렇게 서툴기도 힘들겠다, 등. 승민은 아내의 타박에도 그저 모르쇠로 일관했다. 군이 변명하자면 신체적 조건이 불합리한 것도 한몫했다. 그는 적록 색약이어서 연녹색과 주황색 구분이 어려웠다. 아내는 감을 수확할 때마다 잘 익은 감과 덜 익은 감을 양손에 들고서 설명했다. 이거 봐. 배꼽 주변이 주황이잖아. 절반쯤 주황일 때 따야 최상품이 된다니까? 그녀는 배꼽 주변을 살피라고 했지만 승민은 도통 그 차이를 구분할 수가 없었다. 적절한 표현인지 모르겠으나 익어가는 감은 그의 눈에는 마른 시래기처럼 보였다.

"아니, 몇 번을 말해. 아직 퍼렇다고."

그가 적록 색약이라는 사실을 자꾸만 잊어버린 아내는 승민이 수확한 감을 보고는 속이 타서 정말 구분이 안 가냐고 의아해했다.

"그러면 살이 통통 오른 예쁜 감을 따. 감이 노인네 검버섯처럼 지저분하고 상처 있으면 맛도 덜해. 보기 좋은 과일이 맛도 좋다는 말도 있잖아."

따놓은 감을 보다 못한 아내는 모양을 살피라고 했다. 그럼에도 승민은 보기 좋고 맛도 좋은 감을 구분하지 못했다. 몇 년 동안 반복된 일상이었다. 자연스럽게 분업이 이루어졌다. 따고 선별하는 일은 아내가 맡고 상자를 포장하고 나르는 일은 승민의 몫이 됐다.

다음날 낯선 번호로 전화가 왔다. 늦은 점심을 먹고서 출근 준비를 서두를 때였다.

“여보세요? 나승민입니다.”

대답이 없었다. 스팸인가 싶어서 끊으려 할 때, 피아노 건반을 잘못 누른 듯한 목소리가 불쑥 튀어나왔다.

“저, 준석에게 소개받은 동문 김대수입니다.”

“아, 예. 안녕하세요? 선배님, 말씀 많이 들었습니다.”

김 선배는 선물할 곳이 있다며 감 세 박스를 주문했다. 주소를 받아 적는데 이십 분이 넘게 걸렸다. 선배는 기계가 불러주는 음을 듣고서 주소를 다시 불러주었다. 그는 느린 말투에 말끝마다 받아 적었는가? 하고 되묻는 습관이 있었다. 주소를 받아 적느라 승민은 그날 학원에 지각할 뻔했다.

*

지난해, 아내는 식초를 담겠다고 농익은 낙과를 주워 왔다. 부엌에 낡은 탁자를 두고 이십 리터짜리 유리병에 담은 홍시를 올려 놓았다. 너무 익어 뭉개진 홍시들이 가득해서 보기에 불편했던 승민이 한마디 했다.

“좋은 것만 넣어야 감식초가 된다고 했는데.”

그의 염려에 아내가 눈을 흘기며 걱정하지 말라고 했다. 어쩌지 믿는 구석이 있는지 태연한 아내와 달리 승민은 매일 아침마다 유리병을 살폈다. 볼 때마다 식초가 될까? 싶어 걱정이었다. 일주일쯤 지나자 병 밑부분에는 말간 물이 생겨났다. 날마다 물의 높이가 조금씩 올라갔고 반면에 점차 쪼그라든 홍시는 위로 떠올랐다. 이주 후, 감과 수분은 적절하게 뒤섞이더니 어느 날에는 윗부분에 하얀 초산막이 생겨났다.

"썩은 거 아냐? 냄새가 이상해."

승민이 뚜껑을 열고 덮개를 살짝 들어 올리자 시큼한 냄새가 코를 자극했다. 점심을 준비하느라 대파를 썰던 아내는 보지도 않고서 괜찮다고 했다.

"식초는 마트에서 사 먹자, 이거 먹고 배탈 날 것 같은데?"

"그러니까 자기가 도시 촌놈이지. 뭐든지 마트에서 생산되는 줄 안다니까. 옛날에는 소주 됫병에 마시다 남은 막걸리를 넣어서 식초를 만들었어. 빨리 밥이나 먹고 출근해."

이번에도 지청구를 들은 승민은 유리병을 쳐다보지도 않았다.

이른 봄날처럼 햇살이 따스한 날에 아내가 감식초를 걸렀다. 막걸리처럼 탁한 감식초는 페트병 세 개에 담겨 탁자 위에 진열되었다. 판매되는 건 맑던데. 원래 그래, 나중에 맑은 선홍색이 돼. 선홍색? 승민의 반응에 아내가 아, 색약이지, 하더니 미나리 무침을 식탁에 올려놓고 먹어보라고 했다.

"어때? 맛있어?"

"어, 맛있어?"

"다른 건 모르겠어?"

승민이 모르겠다고 하자 겁나게 둔하다며 이번에 거른 감식초로 묻혔다고 했다. 아내의 구박에도 허허 웃어넘겼다. 아내가 아니었다면 그는 귀농생활을 견디지 못했을 것이다.

과 동기였던 아내는 승민이 귀농하겠다고 하자 자신도 따라가겠다고 했다. 결혼하겠다고? 승민이 묻자 그녀가 그러겠다고 했다. 최소한의 비용으로 결혼식을 올리고 시골로 내려와 농사일을 함께했다. 아들을 낳아 키우고 농사를 짓고 뒤이어 서울살이를 접고 내려오신 부모님을 모셨다. 도중에 어머님이 먼저 죽고 아버지는 지금 요양원에 있다. 파킨슨병이라는 의사의 진단에 아버지는 자식에게 짐이 되고 싶지 않다며 자발적으로 요양원으로 들어갔다. 집안일은 모두 아내의 몫이었다. 승민은 오후에 학원에 나가느라 새벽까지 깨어있어서 생활 패턴이 식구들과 반대였다. 그러니 농사일도 시늉만 할 뿐이었다. 그는 다 잘할 수는 없다고 자위하며 학원에서 입시지도를 했다. 학원을 그만두면 그때부터는 농사를 잘 지을 거라고 아내에게 약속했지만 아내의 말처럼 자신은 뭐든지 서툴러서 잘할 수 있을지 의문이다.

변화를 꿈꾸던 승민은 그날 밤부터 블로그를 살피며 식초를 검색했다. 식초의 효용성은 무한대였다. 살균, 소화 촉진, 숙취 해소, 변비 예방, 피부 건강 개선 및 노화 방지까지 그동안 알지 못했던 유용성이 끝이 없었다. 잘 발효시켜 상품화하면 수익성도 있을 것이다. 꿈에 부풀어 그는 감식초를 연구했다. 공부하고 연구하는 것에는 재능이 있는 편이어서 밤새 인터넷을 뒤져 식초에 관한 방대한 자료들을 검색했다. 또한 농부들이 직접 만들어 팔고 있는 블로그를 살펴보니 여러 식초 중에서도 감식초가 판로가 좋아 보였다. 한마디로 감식초는 모든 사람에게 적합한 필수 식자재였다. 연구를 하다보니 식초 만드는 과정은 그다지 어렵지 않았다. 다만 상품을 만든 다음 판로가 문제였다. 판로만 개척하면 학원 선생을 그만두고 유통만 신경 써도 될 듯했다. 승민은 그렇게 새벽까지 연구하다가 문득 한 가지 의문이 들었다. 그 많은 블로그나 유튜브에서 식초를 판매해 돈을 벌었다는 사람이 없었다. 그 사실을 깨달은 이후로 승민은 식초 연구를 접었다. 기가 죽은 승민을 향해 아내가 귀농할 때 초심을 잃지 말라고 쓴소리를 했다. 그는 귀농할 때 마음보다 아내의 손을 잡던 순간을 떠올리고는 배시시 웃었다.

*

약속 시간이 오 분이나 지나있었다. 승민은 회기역 일 번 게이트 앞을 서성이며 준석과 김 선배가 나타나기를 기다렸다.

때마침 아래쪽에서 열차 도착 음이 들려왔다. 잠시 후, 계단을 밟고 올라오는 사람들이 우르르 한꺼번에 쏟아져 나왔다. 이윽고 뒤늦게 준석이 에스컬레이터에서 내려섰다. 승민은 손을 번쩍 들어 좌우로 흔들었다. 그도 손을 흔들며 환하게 웃었다. 준석은 뇌성마비를 안고 태어나 걸음걸이가 사방으로 흔들렸다. 그 모습은 마치 춤추며 걷는 발레리노 같았다. 승민은 걷는 모습이 경쾌한 준석을 만나면 덩달아 기분이 좋아졌다.

오늘따라 조심스럽게 다가와 멈춰 선 준석이 뒤를 돌아보며 선배님이라며 인사하라고 했다.

"처음 뵙겠습니다, 선배님. 감 농사짓는 승민입니다."

승민은 허리를 굽혀 인사했다가 짐짓 놀라 고개를 들었다. 열차에서 보았던 흰 지팡이를 접던 그 노신사가 다름 아닌 김 선배였다. 김 선배가 승민을 향해 손을 내밀어 악수를 청했다. 승민은 선배의 손을 잡았다. 따스한 온기가 전해지는 부드러운 손이었다. 맞잡은 손을 놓으며 선배가 말했다.

"손바닥에 옹이가 진 걸 보니 남자답게 생겼겠군."

"아닙니다. 남들이 험하게 생겼다고 프랑켄슈타인이라고 부릅니다."

"이목구비가 뚜렷하단 말인데, 자네 덕분에 맛있는 감 잘 먹었네. 올해도 좋은 감 부탁하네."

"아예, 선배님. 제가 감사합니다."

"이제 가야죠. 망미산까지 오르려면 늦겠어요."

준석이 재촉하며 선배 앞에 섰다. 준석이 앞장서자 그의 어깨에 손을 얹은 선배가 뒤따라 걸었다. 그들을 따라 걷던 승민은 두 사람이 엘리베이터 앞에 서자, 계단으로 몸을 돌렸다. 때맞춰 엘리베이터가 열렸고 준석이 승민을 불러 세웠다.

"보호자도 탈 수 있어. 빨리 와."

준석의 재촉에 망설이던 승민은 엘리베이터를 함께 타고 일층으로 내려갔다.

광장에는 이슬비가 추적추적 내리고 있었다. 귀를 쫑긋 세운 김 선배가 가방을 열어 우산을 꺼냈다. 그때 준석이 잠시만 기다리라고 하더니 손으로 머리를 가리고 바로 옆 편의점으로 들어갔다. 이내 밖으로 나온 준석이 일회용 우산을 쓰고 다시 돌아왔다. 이 정도는 맞아도 돼. 승민의 말에 준석은 감기 걸리면 큰일이라고 했다. 그러더니 승민의 팔을 이끌고 선배에게서 조금 떨어진 곳으로 끌고 가더니 귓속말을 했다.

"네가 선배 앞에서 앞장서, 우산을 약간 뒤로해서 선배 머리가 젖지 않게 하고."

임무를 떠넘긴 승민이 마을버스 승강장으로 가 줄을 섰다. 승민이 선배의 우산을 받아들고 선배 앞에 섰다. 그러자 선배가 승민의 왼쪽 어깨에 손을 얹었다. 바짝 긴장한 승민이 선배가 젖지 않게 우산을 뒤로 기울이고 마을버스를 타러 갔다. 짧은 거리를 걷는데도 걸음이 몹시 부자연스러웠다. 회기역과 모교를 기점으로 순환하는 마을버스를 타고 학교 앞에서 내렸다. 그곳에서도 준석은 혼자 우산을 받치고 길을 건넜다. 승민이 이번에도 우산을 받치고 선배 앞에 섰다. 여전히 긴장됐고 그래서인지 왼쪽 어깨가 돌덩이를 얹은 것처럼 무거웠다. 길을 건너 교문 옆 무성한 플라타너스 나무를 지날 때였다.

"빗소리 달라졌어. 왼쪽에 건물이 들어섰나?"

김 선배가 갑자기 걸음을 멈추고서 주변을 두리번거리며 물었다. 그러자 앞서 걷던 준석이 뒤돌아서 설명했다.

"선배님, 병원 왼쪽으로 별관이 들어섰어요. 예전에 잔디가 깔린 공터 쪽이요."

"그렇군."

김 선배가 고개를 끄덕이며 왼쪽 건물을 살폈다. 그제야 승민은 주변의 변화를 알아차렸다. 신축된 별관은 이전 병원 옆으로 크게 들어섰고 병원 입구는 그곳을 드나드는 차량으로 북적이고 있었다. 다시 길을 걷자 거목으로 자란 벚나무길이 시작되었다. 승민이 복학생이던 시절에 조경수로 심었던 벚나무가 어느새 자라 거목이 돼 있었다. 나무를 살피느라 정신이 없을 때, 김 선배가 승민의 어깨를 토닥거렸다. 멈춰 선 승민이 몸을 돌려 선배에게 어디가 불편한지 물었다.

"아닐세, 우산을 똑바로 세우라고."

"그러고 있습니다. 선배님."

"나는 방수 옷이라 괜찮다네. 자네 어깨가 젖네."

승민은 우산을 직각으로 세웠지만 걷다 보면 우산이 저절로 선배 쪽으로 기울었다. 우산이 기울 때마다 선배는 우산을 바로 세우라고 했다. 그때마다 승민은 우산을 바로 세워야 했다.

언덕배기에 오르자 갈래 길이 나타났다. 오른쪽에 보이는 본관을 잠시 바라보던 승민이 왼쪽 길로 접어들었다. 경사로가 다시 시작되고 길도 좁아졌다. 발끝에 채이는 나무뿌리를 밟으며 승민은 김 선배에게 나무뿌리를 조심하라고 했다. 그는 고맙다며 천천히 뒤따라왔지만 산 중턱에 이르자 힘들었는지 숨소리가 거칠었다. 저만치 앞선 준석이 산모퉁이를 돌다가 승민에게 먼저 가겠다고 손짓하고는 이내 사라졌다. 깔딱고개를 코앞에 두고서 승민은 선배에게 잠시 쉬었다 가자고 했다.

*

세찬은 망미산에 오르는 걸 좋아했다. 저만치 앞서서 산을 오르던 세찬은 깔딱 고개가 보이면 걸음을 더 빨리했는데 그곳에서 기다리다가 짖궂게 승민을 놀려댔다.

"형, 벌써 지쳐서 농사는 어떻게 지어요?"

"네가 이상한 거야. 오죽 힘들면 깔딱 고개겠어? 조금만 쉬자고, 어?"

"우리 부모님은 산비탈을 하루 종일 돌아다닌다고요."

무심코 말해놓고선 세찬은 부모님 생각에 이내 표정이 어두웠다. 그의 부모님은 삼양동 비탈길 중턱에서 세탁소를 운영하는데 하루도 쉬지 못한다고 했다. 겨울에는 그나마 옷이라도 껴입으면 된다지만 여름에는 스팀 열기에 숨쉬기가 힘든지 살이 쑥쑥 빠진다고 걱정했다. 그의 부모는 원래 농사꾼이었는데 세찬이 중학교에 입학할 때 전답을 모두 처분하고서 상경했다. 자식 교육을 위해 삶의 터전을 옮긴 거였다. 그런 아들이 죽었다. 발인 날 세찬의 아버지는 눈물도 흘리지 못하고 넋을 놓고 있었다.

"그날 허락했더라면 달라졌을까? 녀석이 집을 나가기 직전에 나와 한바탕 싸웠다네. 내가 아들의 뺨을 때렸어. 미안해서 돌아오면 귀농을 허락하려고 했다네. 그런데 이렇게 가버렸어. 내가 무슨 염치로 이 녀석을 보내겠는가?"

아버지는 온기가 남은 유골함을 쓰다듬으며 어쩔 줄 몰라 했다. 그런 줄도 모르고 전날 세찬에게 결단을 종용했단 생각에 승민은 울컥 눈물이 났다. 아버지는 단호하게 울지 말라고 했다.

"남은 사람들이 슬퍼하면 우리 세찬이가 좋은 곳으로 가지 못한다네."

하지만 정작 말하는 아버지는 어금니를 눌러가며 울음을 삼켰다.

"학교 뒷산에 가면 세찬이 좋아할 것 같습니다."

아버지는 한동안 유골함을 쓰다듬더니 승민에게 건네며 잘 보내달라고 부탁했다. 그날 오후, 망미산 중턱에 오른 승민은 준석과 함께 세찬의 뼛가루를 어린 활엽수 사이에 고루 흩뿌렸다. 선인장 가시처럼 하얀 분골이 손바닥을 찔렀지만 장갑을 벗은 채로 두 사람은 천천히 세찬을 흩뿌렸다. 그러고는 벤치에 앉아 산자락을 내려다봤다. 세찬은 한눈에 보이는 학교 앞 전경을 좋아했다. 어느 날 해 질 무렵에 세찬은 산자락에 하나 둘 켜지는 불빛들을 보더니 낮은 목소리로 말했다. 나도 저렇게 작은 불빛이 되고 싶어요. 가까이서 서로에게 힘이 되는 빛이요. 너는 지금도 충분히 빛나는 존재야. 승민이 세찬의 등을 다독이며 말했었다.

몇 시간이 흘렀을까? 산자락의 불빛이 짙게 빛날 때쯤 승민이 말했다.

"세찬이 말이야. 이곳에서 행복할까?"

"행복할 거야. 좋아하던 곳이잖아."

준석이 승민의 팔을 붙잡고 일으키며 그만 내려가자고 했다. 승민은 그곳을 내려오면서 다시 찾아오겠다고 약속했다.

하지만 단 한 번도 찾아가지 못했다.

세찬을 보내고 일주일 뒤, 승민은 후배들과 함께 세탁소를 찾아갔다. 세찬의 아버지는 후배들을 보고는 일을 멈추고 집으로 들어가 버렸다. 혼자 뒤따라 집으로 들어간 승민은 아버지 앞에 무릎을 꿇었다. 끝내 시선을 외면한 아버지가 한 말은 다시는 찾아오지 말라는 당부했다.

"자네를 원망해서 이러는 건 아니라네. 오히려 내 잘못인 것 같아 괴롭다네. 내게 왜 이런 일이 일어난 건지, 왜 내 자식이어야 하는지, 신조차도 원망스럽다네. 이제 우리 부부에겐 절망만 남아 그 누구도 보고 싶지 않다네. 미안하지만 자네를 이렇게 마주 보는 것도 내게는 고통이라네. 그러니 우리 부부를 위한다면 다시는 찾아오지 말게나."

승민은 아버지의 마음을 이해했다. 세찬의 마음과 아버지의 마음은 다를 거였다. 이후로도 세찬의 부모님을 생각했으나 삼양동 중턱을 떠올렸을 뿐 찾아가지는 못했다. 그럼에도 불구하고 승민은 언제나 세찬을 생각했다. 감꽃을 솎아내고 예초기로 잡초를 제거하고 한여름 땡볕에서 피를 뽑아도 언제나 세찬과 함께였다.

*

행사장에 도착했을 때, 빗줄기가 굵어졌다. 행사 진행 요원이 다들 강당으로 내려가자고 소리쳤다.

"장소가 변경됐어요. 평화의 강당으로 가세요!"

어디에 있었는지 사람들 틈바구니에서 불쑥 나타난 준석이 다시 내려가자고 했다. 김 선배가 잠시 쉬었다 가겠다고 하자 준석은 먼저 내려가 있을 테니, 천천히 내려오라고 했다. 준석이 사람들 틈에 섞여 하산하고 이어 남아 있던 몇 명 학생과 관계자들이 의자와 소품들을 챙겨 내려갔다. 이제 막 조성된 공원에는 승민과 김 선배 둘 뿐이었다.

공원은 부채꼴 모양으로 정리되어 자갈이 깔려 있어 예전 공터보다 넓어 보였다. 동상은 예전에 벤치가 있던 자리에 놓였다. 벤치 뒤쪽으로 큰 나무들이 병풍처럼 늘어서 있었다. 세찬의 유골을 뿌린 자리가 분명했다. 어느새 어린 활엽수가 자라서 큰 나무가 된 것이다. 활엽수 사이로 철 늦은 산벚꽃이 피어 있었다. 그때도 있었던가? 승민이 기억을 더듬고 있을 때 김 선배가 어깨에 얹은 손에 힘을 주며 말했다.

"벤치에 앉을까? 선배님 옆에서 산 아래 전경을 보고 싶네."

"네? 벤치가 보이십니까?"

"아니네. 삼십 대까지는 흐릿한 형체라도 보였는데, 지금은 전혀 안 보인다네."

"그런데 어떻게?"

"마음으로 보는 거지. 자네가 보기에 동상이 어떻게 보이는가?"

"혹시, 책 읽는 소녀상 보셨나요?"

"보았지. 챙이 넓은 모자에 흰 원피스를 입고서 책 읽던 소녀상 말이지?"

"네. 그 소녀상 높이의 삼분의 일쯤 되겠네요. 피부는 구릿빛입니다. 벤치에 앉아 다리를 꼬고서 무릎 위에 책을 펼쳐놓았습니다. 시선은 산자락을 내려다보고 있는데 평화로워 보입니다."

"눈매는 어떤가? 얼굴 표정은?"

"날카롭고 인자한 모습입니다."

"그런가? 날카롭기보다는 지적인 눈매였지. 선한 분이었지만 타협을 모르는 분이었어. 어디 가까이 가세나."

김 선배가 다시 손에 힘을 주었다. 승민은 열 걸음을 걸어 동상에 바투 다가섰다. 걸음을 멈추자 김 선배가 동상을 향해 손을 뻗었다. 허공에서 잠시 머물던 선배의 손이 동상의 귀에 닿았다. 승민은 엉겁결에 가방과 우산을 바닥에 내려놓고 선배의 두 손을 쥐고서 동상의 얼굴로 이끌었다. 김 선배가 눈썹과 눈매와 입가의 주름까지 찬찬히 매만지더니 흡족한 듯 미소를 지으며 동상 옆에 바투 앉았다.

"선배님! 얼굴에 주름이 느셨네요. 이렇게 앉아 본 게 얼마만 인지, 덧없이 세월만 보냈습니다. 죄송합니다, 선배님. 제가 선배님보다 더 늙었는데 이제야 선배님을 뵙습니다. 네? 오느라 고생했다고요? 아닙니다. 이제는 더 자주 뵙지요."

동상을 향해 말하던 김 선배가 잠시 침묵하더니 승민을 향해 몸을 돌리고는 부탁이 있다고 했다. 무슨 부탁이냐고 승민이 물었다.

"자네 얼굴도 한번 만져보고 싶은데 괜찮겠는가?"

잠시 망설이던 승민은 벤치에 엉덩이를 걸치고 선배를 향해 얼굴을 돌렸다. 차가운 빗물이 엉덩이에 스며들었지만 개의치 않았다. 이윽고 김 선배의 손이 눈썹에 닿았다. 승민은 슬며시 눈을 감았다. 그때였다. 불현듯 어떤 형상 하나가 그의 머릿속에 떠올랐다. 검게 그을린 피부에 주름진 이마, 늘어진 볼, 희끗거리는 새치, 환한 미소, 어디선가 본 듯한 얼굴이었다. 어디서 봤을까? 골몰하던 승민은 불현듯 깨달았다. 구릿빛 피부가 한층 더 검어졌고 주름이 깊어진 중년의 세찬이었다. 승민이 세찬을 향해 활짝 웃었다.

"자네, 웃었나? 많이 웃게나."

김 선배의 말에 세찬의 모습이 흩어졌지만 승민은 다시 한번 웃어보았다. 그러자 김 선배가 동상을 향해 말했다.

"선배님, 웃다 보면 좋은 세상이 오겠지요?"

승민이 눈을 떴을 때는 어느새 비가 그치고 하얀 햇살이 공원을 비추고 있었다. 여기저기 맺힌 물방울이 햇살을 받아 눈부시게 산란했다.

"세 사람이 벤치에 앉아있는 모습이 풍경화입니다. 찍어서 공모전에 응모해도 될 것 같습니다. 하하."

언제 올라왔는지 준석이 핸드폰으로 사진을 찍어대며 너스레를 떨었다.

"그런가? 그럼 사진을 내게도 보내주게나."

김 선배의 청에 준석은 알겠다며 우선 행사장으로 가자고 했다.

비탈길로 접어든 승민이 뒤돌아서 벤치를 살폈다. 그곳에 햇빛을 받아 구리빛으로 빛나는 두 사람이 환하게 웃고 있었다. 빛에 반사돼 형체가 흐렸지만 승민은 그들을 향해 손을 흔들었다. 김 선배가 그만 내려가자며 어깨를 토닥였다. 승민은 몸을 돌려 다시 걸었다. 저만치 앞선 준석이 산모퉁이를 돌기 전 멈춰 서서 어서 오라고 손짓하고 있다.

수민회

지영은 아홉 시 오십 분에 수업을 마치고 책상 아래 둔 상자를 살폈다. 낮에 고 선배가 찾아와 안기고 간 상자였다. 주차장이라며 잠깐만 보자는 메시지에 나갔더니 덜컥 상자 하나를 안기고 돌아갔다. 이게 뭐냐고 묻자 선배는 별거 아니라며 조만간 술 한잔하자며 본인의 덩치보다 작은 레이 자가용에 올라타 차창으로 손을 흔들고 가버렸다. 선배가 학원으로 찾아온 건 처음이었다. 뒤늦게 믹스커피라도 대접할 걸 후회가 됐다. 상자에는 어림잡아도 족히 백 개가 넘는 휴대용 물티슈가 두 줄로 가지런히 담겨 있었다. 스티커 윗면에 광고 문구와 선배의 전화번호가 새겨져 있다. 스티커를 뜯자 알코올 냄새가 훅 올라왔다. 순정이라니? 지영은 스티커를 다시 붙여 상자에 넣고 구석진 곳으로 밀어 넣었다. 그러고는 화장실로 가 손을 씻고 보습제를 발랐다. 젊을 때는 분필을 맨손으로 만져도 괜찮더니 이제는 분필 끼우개를 사용해도 손끝이 갈라져서 유분이 함유된 보습제를 쓴다. 아직도 기억이 생생하다. 학생 때부터 지영은 손을 자주 씻었다. 학과 사무실에서 정기적인 토론이 있었다. 토론 때마다 그 주 담당자가 있었는데 그날은 지영이 담당이었다. 음료수와 커피 복사물 준비까지 할 일이 많았고 한 가지씩 준비를 끝낼 때마다 지영이 손을 씻었다. 보다 못한 현서가 그만 씻으라고 자리에서 일어서려는 지영의 팔을 붙들었다. 그때다 싶었는지 고 선배가 농담을 섞인 잔소리를 했다.

"그거 과하면 안 좋은데, 결벽증이야. 무슨 무슨 증, 이런 거는 주변 사람도 본인도 피곤하거든. 씻는 걸 조금만 자제해 봐."

세월이 지나도 지영은 손을 자주 씻었다. 물로 씻었을 때의 뽀득거림이 들어야 안심이 된다고나 할까. 그 때문에 지영은 상품화된 청결제는 사용하지 않으려고 노력한다. 물티슈도 마찬가지다. 지영은 상자를 다시 구석진 곳에 두고 핸드폰을 들었다. 통화를 할까 망설이다가 시간이 너무 늦은 것 같아 톡을 남겼다.

선배, 조만간 날 잡아요

제가, 술 한잔 살게요

*

다음날, 고 선배는 약속 장소와 시간을 정해 메시지를 보내왔다. 학원 근처 맥줏집이었다. 별다른 일정이 없고 아홉 시에 끝나는 날이어서 지영은 알겠다고 답했다. 수요일에 지영은 30분 단축 수업하고 주차장에서 직진 거리에 있는 맥줏집으로 갔다. 지나는 길에 본 적은 있어도 들어가 본 적 없는 가게였다. 입간판에 전통 독일식 맥주라는 문구가 적혀 있었다. 갈색 원목 문을 밀고 들어가자 넓은 홀이 한눈에 들어왔다. 테이블마다 앉은 사람들을 찾던 중에 중앙에서 누군가 손을 번쩍 들었다. 지영이 테이블로 다가갔을 때, 옆에 앉은 중년의 남자가 몸을 돌려 활짝 웃어 보였다.

"그대로야. 하나도 변한 게 없네."

현서였다. 십오 년 전에 헤어진 이후로 만난 적이 없던 현서는 어제 본 것처럼 다정하게 웃으며 악수를 청했다. 그의 손은 두툼하게 살이 올라 그런지 예전보다 훨씬 보드라웠다. 현서의 자연스러움과 달리 지영은 어색하게 맞잡은 손을 빼내며 반대편 자리에 앉았다. 현서는 지영을 향해 좋아 보인다고 했다. 지영은 살이 쪘다고 했고 현서는 웃으며 그렇게 말하기는 좀 그래서, 라고 했는데 그 대목에서 그녀는 내심 안도했다. 여과 없이 솔직했던 현서의 모습이 아직 남은 듯해서 살짝 반가웠다.

젊은 날 그녀는 현서의 솔직함을 좋아했다. 그런데 왜 헤어졌을까? 문득 이제는 헤어진 이유조차 떠오르지 않는다는 사실이 어쩐지 허무했다. 미련이 남는 것은 아니었다. 애틋함이 한 조각도 남지 않았다는 사실에 한 시절을 통째로 잃어버린 듯했다. 지영은 남의 커플을 떠올리듯 헤어진 날을 회상했다. 벚꽃이 지천으로 깔린 교정을 올라가 도서관 앞에서 현서를 기다렸다. 그날 현서는 검정 추리닝 세트에 검정 슬리퍼를 신고 있었다. 엄마의 장례식을 치르고 첫 만남이었다. 현서는 조문을 하고 서둘러 돌아갔는데 어딘지 모르게 냉랭했다. 생각이 많아진 지영은 현서를 만나야겠다고 결심하고 도서관으로 간 거였다. 딱히 할 말이 있던 건 아니었다. 말없이 마주 선 현서가 자신의 슬리퍼를 물끄러미 바라보더니 식사나 하자고 했다. 지영은 자판기 커피가 마시고 싶다고 했다. 그러자 현서가 등을 돌려 도서관으로 들어가려 했다. 지영이 다급하게 현서를 불러 세웠다.

"왜? 자판기 커피 마시자며, 내가 뽑아 올게."

영문을 몰라 뒤돌아보는 그에게 지영은 이제 그만하자고 했다. 낮게 중얼거렸지만 현서는 그 말을 알아들었는지 잠시 멈칫하더니 그러자고 했다. 그러고는 잘 가라는 인사도 없이 도서관으로 들어갔다. 그날이 마지막이었다. 이후로 현서는 전화도 메시지도 없었다. 헤어지자고 말을 한 건 자신이었으나 그녀는 내심 연락을 기다렸다. 현서에게 들어야 할 말이 남은 것 같았다. 다시 만나자거나 보고 싶었다거나 그런 말을 듣고 싶은 건 아니었다. 현서가 차마 하지 못하고 삼킨 말을 듣고 싶었는지도 모른다. 지영은 짐작했다. 자신의 무게를 현서는 견딜 수 없었을 거라고. 알고 있었으나 아프지 않은 건 아니어서 잊는데 오랜 시간이 필요했다. 이제는 슬펐던 기억마저 가물거리는데 현서가 나타난 것이다. 그날 비탈길을 내려오는 동안 꽃길을 걸었다. 차도가 온통 분홍색이었고 나무에서는 하롱하롱 꽃잎이 지고 있었다. 지영은 자신의 젊음이 지고 있다고 생각했다.

문득 묻고 싶은 충동이 일었다. 그때 조금만 다정할 수는 없었는지, 잘 살라는 인사 정도는 할 수 있지 않았는지.

몇 해가 지났을 때였다. 고 선배가 문득 현서와 헤어진 이유를 물었다. 지영은 꽃잎이 지는 게 너무 슬펐다고 대답했다. 너무 낭만적인 거 아냐? 그렇게 감성이 충만한데 수학은 어떻게 했어? 선배는 그때 좀 참았으면 좋았을 거라며 지영을 안타까워했다. 현서는 이후로도 삼 년더 공부를 했다고 들었다. 시험에 합격하면 나올 거야. 고 선배는 모임에 불참하는 현서를 두둔했지만 회계사가 된 이후로도 그는 모임에 참석하지 않았다. 그럼에도 모임에서 현서는 늘 화두에 올랐다. 그런 현서가 난데없이 눈앞에 나타난 것이다.

"식사 안 했지. 먹을 거 있나 골라 봐."

세월이 훌쩍 지났어도 현서는 어제 만난 여친에게 대하듯 메뉴판을 건네며 지영에게 다정했다.

"에이, 술부터 시켜야지."

고 선배가 거품이 가득한 맥주를 들이키며 사장님을 불렀다. 메뉴판을 앞뒤로 뒤적이던 지영은 테이블 가장자리에 세워진 스텐드형 광고를 발견했다. 캔맥주 네 병을 주문하면 무선 스피커를 주는 이벤트가 진행 중이었다. 지영은 벨을 눌러 스피커를 보여 달라고 했다. 스피커는 캔맥주 모양이었다. 사장이 스피커를 가져와 핸드폰과 블루투스로 연결하더니 자신의 폰에 저장된 노래를 들려주었다. 스피커가 필요한 것도 아니었건만 지영은 캔맥주를 마시자고 했다. 현서는 아침 일찍 골프 약속이 있어서 한 잔만 마시겠다고 선을 그었다. 필드도 나가냐고 고 선배가 묻자 현서는 사업상 필요해서 가끔 나간다고 했다. 그럼, 사업가들 많이 알겠네. 고 선배의 목소리에 화색이 돌았다.

"와, 선배. 영업 사원 다 됐네?"

지영이 예민하게 구는데도 고 선배가 그러냐며 너스레를 떨었다.

"아까 했던 말 있지, 신재생 에너지가 핫하다고. 그 친구가 잘나가면 우리 동문들도 같이 뜰 수 있다고 하던데. 지난달에는 덴마크에 출장 갔고 이번엔 상해로 가서 다들 부러워해."

그 친구면 상수 선배일 것이다.

"제가 그 회사 회계 맡았잖아요. 다 좋은데 워낙에 우리 과 선배들이 물러서요."

일에 대해 말하는 현서의 태도는 사뭇 진지했는데 느슨했던 허리를 곧추세우고 사뭇 경직된 목소리로 자신의 견해를 어필했다.

"우리 수학과 선배님들이 생각을 조금만 바꾸면 가족들이 편해질 텐데, 그러질 못해요."

현서는 충고를 넘어 이제 훈계까지 했다. 고 선배의 얼굴이 검붉게 변해갔다. 그의 거만한 태도는 오 년 동안이나 사귀었던 지영에게도 처음이었다. 듣고 있던 지영이 얼른 화제를 돌렸다.

"하는 일은 잘 돼?"

"그럭저럭 괜찮아. 누구 간섭도 없고 불편한 일은 안 맡으면 되니까."

불편한 일은 안 맡으면 된다는 말에 퍼뜩 헤어진 이유가 생각났다.

*

지영은 엄마의 상을 치른 후 외로웠다. 장례식장에 얼굴을 비춘 이후로 현서는 연락이 없었다. 헤어지자는 말을 기다렸을까? 지영은 현서가 무슨 말이라도 해주길 바랐다. 조금만 더 기다려 달라든지, 미안하다든지, 하다못해 힘들었지, 라는 위로라도 필요했다. 헤어지더라도 위로는 해줄 수 있는 거라 생각했다. 하지만 현서는 말없이 돌아섰다. 솔직한 듯 했으나 결정적일 때 현서는 침묵을 택했다. 문화원 점거 때, 남자 동기들과 선후배들은 모두 고심했다. 그곳에 남아 경찰에 끌려갈 것인지 집으로 돌아가 입대를 할 것인지 선택의 기로에 섰었을 때, 끝내 침묵하던 현서는 조용히 그곳을 빠져나가 입대했다. 몇몇 동기들과 선후배들은 그곳에 남았다가 유치장에 갇혔고 결국 군 면제를 받았다. 무리 중에서 상수 선배와 현서만이 군대에 갔다. 현서는 회계사 공부를 상수 선배는 제대 후 P시에 있는 P공대 대학원에 들어가 석박사 학위를 받았다. 상수 선배는 그때 썼던 연구논문으로 지금의 회사를 키워냈다. 그때만 해도 서로 친하지 않았던 두 사람은 제법 가깝게 지내는 듯했다.

"상수형은 에너지를 균일하게 내보내는 게 관건이래요. 그쪽 분야에서 독보적인 기술이라서 대기업에서도 협업을 제안

했다고 하는데, 잘못하면 먹히죠."

"지금 잘 나가잖아. 독일, 영국, 중국으로 출장 다니느라 바쁘던데?"

"영업 능력이 문제죠. 워낙에 그쪽으로는 우리 과 사람들이 약하잖아요."

현서의 반론에도 고 선배는 자꾸만 에너지에 집중했다. 검은 에너지의 고갈과 대체 에너지 시대가 도래할 거라고. 상수 SNS 상태 메시지 봤어? 지구에 빛이 되다, 얼마나 당당해. 우리도 이제 상수처럼 에너지 사업에 비전을 둬야 한다고. 그럼에도 현서는 유망한 기업들의 다양한 방향성에 대해 차분하게 설명했다. 이야기를 듣다 보니 현서가 달라 보였다. 다르다거나 싫다거나 하면 침묵하던 현서가 이제는 전문가 다운 포즈로 두 손을 모았다가 폈다가 뒤집어가며 경제의 방향에 대해 이야기했다. 사업에는 식견이 없던 지영은 두 사람을 번갈아 보다가 맥주를 마시다가 한치 포를 뜯어 청양고추를 잘게 썰어 넣은 마요 간장에 찍어 먹었다.

자정이 막 넘어섰을 때 지영이 입구에 있는 카운터로 가 카드를 내밀었다. 언제 왔는지 옆에 선 현서가 지갑을 꺼내 제 카드로 계산했다. 법인카드야. 현서는 말해 놓고 웃었다. 그러고는 새벽에 약속이 있다며 다음에 보자고 했다. 현서가 가고 테이블로 돌아온 지영이 선배에게 물었다.

"현서, 왜 만났어요?"

"영업 좀 부탁하려고."

고 선배는 당연한 걸 묻느냐는 듯 컵에 담긴 맥주를 마저 들이켰다. 그러고는 가자고 했다. 밖으로 나오자 대리기사 두 사람이 연이어 도착했다.

"잘 가."

고 선배가 팔을 휘휘 저으며 말했다.

"다음에 봐요."

"다음? 주말에 봐야지. 망년회도 못 했으니 늦은 신년회라도 해야지."

알겠다고 대답은 했지만 내키지 않았다. 집에 돌아와서는 맥주를 몇 캔 마시고 잠이 들었는데 여러 날 숙취로 고생했다.

*

주말 저녁, 일곱 시가 넘어서야 지영은 담양으로 출발했다. 아침 일찍부터 단축 수업을 하느라 진이 빠졌지만 시원하게 뚫린 고속도로를 달리는 동안 피로가 풀린 것 같았다. 출발부터 라디오를 틀고 네비게이션을 보며 길을 엉뚱한 곳으로 빠지지 않도록 분기점을 주의해서 살폈다. 다행히 빠른 길로 왔는지 펜션에 도착하니 막 열 시가 넘어섰다. 지영보다 늦게 도착한 회원도 있었다. 회원의 삼분의 일인 열다섯 명이 모였다. 장소가 지방이고 명절이 낀 달이라는 걸 감안하면 참석률이 좋았다. 일찍 도착한 팀들은 근처에서 대통밥으로 저녁 식사를 하고 펜션에 막 도착한 참이었다.

"얼른 상 차리자고. 늦게 온 사람들 배고프겠다."

고 선배는 아내가 챙긴 거라며 식재료가 담긴 상자를 두 개나 풀어놓았다. 한라봉 한 묶음, 석화 한 망, 회 두 접시, 종류별 술과 마른안주와 라면 등 열다섯 명이 먹고도 남아 보이는 양이었다. 펜션에 비치된 교자상 두 개를 붙여놓고 회와 과일과 소주와 맥주를 올려놓고, 나무젓가락과 일회용 수저를 자리마다 놓았다. 상이 다 차려지자 회장이 일어서서 인사말을 했다. 인사말에 이어 고 선배가 소맥을 말아 주변에 돌렸다. 그러고는 술잔을 번쩍 들어 건배를 외쳤다. 몇 사람이 원샷을 했고 몇 사람은 취향껏 마셨다. 며칠 전 숙취가 아직도 남아 있어 지영은 술잔을 입에 대기만 했다. 원샷 후에 한 여자 후배가 팔을 들어 고 선배를 불렀다.

"선배님, 요즘엔 뭐 해요?"

"나? 휴지 팔지. 아직 그쪽까지 소문이 안 갔어? 큰 거래처 있으면 소개 좀 부탁해."

전작이 있어서인지 얼굴이 벌게진 고 선배가 넉살 좋게 굴었다. 진짜요? 어떻게? 누군가 안타까워했다. 어쩔 수 없지.

먹고 살려면, 안 그래? 고 선배의 농이 이어지자 이번에는 다른 후배가 많이 도와주라고 그녀를 놀렸다. 제가요? 전 아는 사람 없어요. 그녀가 정색했다.

십 년이 넘게 과 사무국장을 하던 고 선배는 어느 날 돈을 벌겠다며 프로그램 회사를 차렸다. 지영은 고 선배가 프로그램 회사 사장으로 제법 어울린다고 생각했다. 한동안 회사 규모가 커져 티비 프로그램에 나가 대담도 했다. 하지만 십 년 차에 선배는 회사를 접어야 했다. 이제 그는 화장지 회사 영업사원이다. 휴지를 파는 고릴라를 상상하니 기분이 이상했다. 지영이 애꿎은 한라봉 껍질을 잘게 부수고 있을 때 누군가 고 선배를 불렀다. 이번에도 선배에 대한 질문이 이어졌다. 화장지 회사는 누가 소개시켜 줬는지, 일자리가 생기면 나도 부탁한다, 등 그런 이야기들이 오갔다. 그러다가 한 선배가 버럭 화를 냈다.

술자리는 선후배 간의 격이 없었다. 대체적으로 자유로운 말투와 대화가 오고갔는데 그럼에도 그날은 좀 과하다 싶었는지 한 선배가 잔뜩 찌푸린 얼굴로 화를 냈다. 이런저런 이야기가 오가다가 버럭 한 거라서 이유는 잘 몰랐지만 한 선배는 친구인 고정석을 너무 괴롭히면 안 된다고 했다. 그러자 술자리가 조용해 졌다. 한없이 넉살이 좋다가도 선배들은 간혹 정색할 때가 있었다. 지영이 다들 지쳐서 그런다고 생각할 때 고 선배가 나섰다.

"자, 주목! 내 말 좀 들어 봐."

고 선배가 손나발을 입에 대고 목에 힘줄까지 세워가며 소리쳤다.

"그러니까 우리가 함께 뜰 방법은 상수밖에 없다니까?"

참석자들보다 불참한 상수 선배가 더 주목받고 있었다. 고 선배는 상수 선배가 우리의 구세주인 양 연거푸 술잔을 높이 들었다. 상수 선배의 톡에는 필리핀 출장, 이라는 상태 메시지가 떠 있었다. 신재생 에너지가 대세가 되면서 사업이 크게 호황을 맞은 상수 선배를 동문들은 대놓고 부러워했다. 예전에 추앙받던 고 선배는 지고 이제는 상수 선배가 대세로 뜨고 있었다.

*

고 선배에게 질문했던 여자 후배가 석화를 삶겠다며 자리에서 일어섰다. 뒤따라 일어선 지영이 후배 옆에 서서 그녀가 하는 양을 지켜봤다. 그녀가 개수대 하단에서 큰 냄비를 찾아 헹군 다음 물을 받아 인덕션에 올렸다. 지영은 석화 망을 들어 절반을 개수대에 쏟아부었다. 이걸 어디서 샀을까? 지영의 말에 그녀가 아마도 공판장에서 샀을 거라고 했다. 지영이 씻겠다고 물을 틀자 그녀가 자리로 돌아갔다. 물줄기가 졸졸거리며 흘러내렸다. 세척된 석화라고는 하나 석화 껍질 사이에 개펄이 낀 것도 보였다. 물줄기가 약해서 이대로는 개펄을 씻어내기 어려울 것 같았다. 레버를 이리저리 돌렸으나 수압이 워낙 낮았다. 처음 집어든 것부터 개펄이 잔뜩 낀 게 보였다. 파낼 도구가 필요했다. 서랍에도 찬장에도 이쑤시개는커녕 포크도 보이지 않았다. 찾다 못해 젓가락을 들이밀었다. 골 사이가 좁아 젓가락이 들어가지 않고 자국만 남겼다. 버릴까? 지영이 손에 든 석화를 바라보며 고민하던 중에 젓가락 자국에서 붉은 반점이 생겨났다. 붉은 반점은 점차 커지더니 형체를 드러냈다. 갯지렁이였다. 젓가락을 다시 들이밀자 갯지렁이는 개펄 사이로 숨어들었다. 지영은 들고 있던 석화를 쓰레기 봉지에 던져 넣었다. 그러고는 깨끗한 석화만 골라 헹궈 바구니에 담았다. 인덕션에 올린 물은 끓을 기미가 없었다. 기다리는 동안 지영은 교자상 귀퉁이로 가 앉았다.

"새로운 안건이 있는데 주목해 주세요."

회장이 일어서서 말했으나 사람들의 잡담에 목소리가 묻혔다. 회장은 동문 중에 가장 젊은 학번이었다. 어느새 사십 줄에 들어선 그녀는 더 이상 신입 회원이 들어오지 않는 까닭에 몇 년째 회장직을 연임하고 있었다. 회장을 지켜보던 고 선배가 오른팔을 횃불처럼 치켜세우고 회장님이 할 말이 있다고 소리쳤다. 모든 동물들은 큰소리에 바라보는 관성이 내재되어 있을까? 회원들이 자연스럽게 회장을 향해 시선을 돌렸다.

"이번 챌린지는 일찍 사망한 동문들 유가족을 돕자는 취지에요. 기억할게요, 다섯 글자를 에이포에 써서 한 장씩 들고 사진을 찍으면 돼요. 그걸 SNS에 올려 홍보하는 거죠. 사진을 찍은 회원은 각자 또 다른 다섯 사람에게 홍보하고요. 이해하셨죠? 그럼, 희망자 나와 주세요."

그러자 네 사람이 차례로 일어서더니 회장 옆으로 가 나란히 섰다. 회장이 글자가 적힌 용지를 그들에게 나눠주었다. 한 사람이 부족했다. 회장은 일찍 사망한 동문들의 유가족을 돕자는 취지라는 말을 다시 한번 강조했다. 고 선배가 회원들을 둘러보며 물었다. SNS에 올리면 함께하는 이들이 늘 것 같지? 기부금이 커피 한 잔 값이어서 부담되지 않는 금액이야. 어때? 그의 질문에 아무도 반응하지 않았다. 차라리 맨투맨이 나을 텐데. 혼잣말로 중얼거린 지영은 누가 들은 건 아닌가 싶어 얼른 고개를 숙였다.

학창시절 고 선배는 고릴라처럼 힘차고 거대해 보였다. 이제 그 모습은 회상으로만 만날 수 있다. 선배는 점차 말라간다. 외모만이 아니라 두뇌도 둔해지고 있다. 주축이던 고 선배와 함께 수민회도 늙어간다. 지영은 코로나로 모임이 중단됐을 때 그대로 모임이 와해 되기를 바랐다. 밴드에 다시 모임

공지가 뜨고 참석 여부를 확인했을 때, 지영은 참여 의사를 남기지 않았다. 날짜가 가까워지자 회장이 개인 톡으로 참여 의사를 물었다. 그때까지도 모른 척 했는데 고 선배가 학원으로 찾아온 것이다. 선배는 당연히 참석할 거라고 믿는 듯했으나 지영은 출발 직전까지도 참석을 고민했다.

아무도 나서지 않자, 고 선배가 옛이야기를 했다. 수민회 창설 당시의 활약이었다.

"일대 일로 부탁하면 대부분 기부금을 내놓더라니까, 일할 땐 직접 찾아가서 부딪쳐야 해."

좌우를 둘러보던 고 선배는 과거의 행적을 상기시키느라 잠시 주춤하고는 고개를 숙였다가 다시 뒷이야기를 풀어냈다.

"사실, 그때 난 앵벌이였지. 구걸하는 앵벌이. 그래도 그때 걷힌 기부금이 꽤 됐지? 그걸로 여러 사업을 했으니까."

고 선배의 무용담은 수없이 들었지만 질리지 않는 일화였다. 지영이 기억하는 사업 중 하나는 집행부가 시민단체와 합세하여 부당하게 사형된 이들에 대한 재심을 청구한 거였다. 다들 질 거라고 예상했던 재심은 지난하고 긴 투쟁을 거쳐 마침내 무혐의 판결을 받아냈다.

요즘도 맨투맨 방식이 먹힐까, 안 될 것 같은데. 그렇다고 A4용지를 들고 선 챌린지 방식은 더더욱 아니지. 연예인도 아니고, 일반인이 글자를 들고 선 챌린지라니, 반응이 좋을 리가 있나. 지영은 답답함에 저도 모르게 불쑥 한마디 했다.

"그래도 챌린지는 좀."

순간 거실 공기가 싸늘하게 식었다. 짧은 정적이 흐른 뒤 어디선가 개구리 잡는 소리가 들려왔다. 고 선배님! 까마득한 후배가 선배를 부르며 정색하며 코를 쥐었다. 괄약근이 약해진 탓이야. 선배가 냄새는 안 난다고 능청을 떨었다. 회원들이 박장대소했다. 웃음 끝에 다시 정적이 흘렀고 이어 건배가 오갔다. 그때였다. 선배를 흘겼던 까마득한 후배가 일어섰다.

"아, 이제 거리 두기 좀 하려고 했는데."

다섯 번째로 합류한 사람은 까마득한 후배였다. 용지를 들고서 나란히 선 그녀는 말과 다르게 사진을 찍을 때 활짝 웃었다. 사진을 찍은 회장은 그것을 동문회 밴드에 올렸다. 다시 왁자지껄한 소음으로 한옥 이 층이 떠들썩했다.

*

고 선배는 오 년 전까지만 해도 주목받는 CEO였다. 지상파의 한 뉴스 초대석에 출연한 선배는 데이터에 대한 비전을 이야기하며 큰 그림을 그리겠다는 각오를 밝혔다. 그러던 어느 날 예기치 못한 일이 발생했다. 국내의 H기관이 해킹을 당했는데 배후로 지목된 고 선배 회사가 수사기관의 조사를 받았다. 아무래도 선배의 북한 관련 프로그램 협업에 관한 지난 이력이 문제가 된 듯했다. 고 선배는 시사프로그램에 출연해 누명을 썼다며 억울한 심경을 토로했다. 수사 결과도 혐의 없음으로 종결되었다. 일이 잘 해결됐다고 짐작한 지영은 점심시간에 맞춰 선배 회사로 찾아가 밥을 사겠다고 했다. 텅 빈 사무실에 고 선배와 한 선배 둘만이 남아 있었다. 근처 백반집에서 식사를 하고 난 뒤에 고 선배가 그간의 사정을 이야기했다.

"혐의가 없다는 데도 거래처의 반응이 냉랭해. 매출 비중이 가장 큰 거래처를 시작으로 타 거래처도 연이어 거래중단을 선언하더라고. 사람이 찾아왔대, 거래하지 말라고. 살려면 어쩔 수 없다는데 뭐라고 하겠어. 매출이 없으니, 직원들을 내보내야지."

심정을 토로한 고 선배의 눈가가 촉촉해졌다. 좀 기다리면 나아지겠죠. 지영의 말에 고 선배가 피식 웃더니 그러면 좋겠다고 했다. 지영은 두 선배와 함께 식당 뒤쪽 자그마한 공터에서 연거푸 담배만 피우다가 돌아왔다. 이후로 고 선배는 회사를 접었다.

거실 구석진 곳에서 두 선배가 머리를 맞대고 바둑을 두고 있었다. 뭐하냐고 묻자 두 선배는 출장간 상수 선배를 놀려주려고 설정 바둑을 두고 있다고 했다. 그러고는 잠시 후, 설정 바둑판을 찍어 밴드에 올렸다. 두 사람은 늘 그랬다. 모이면 짓궂은 어린아이들처럼 친구를 놀리는 것으로 우정을 과시하려 들었다.

"그때 집사람이 고생을 많이 했어."

고 선배는 주위 사람들에게 아내 이야기를 하는 중이었다. 지영은 몇 해 전 동문 여름 캠프에서 그의 아내를 만난 적이 있었다. 고 선배의 아내는 생계를 책임지느라 하나밖에 없는 아들을 살뜰하게 챙기지 못한 것이 속상하다고 했다. 동지애를 느낀 엄마들은 무엇보다도 체력이 건강해야 아이들을 키운다며 요가 동작 몇 가지를 선보였다. 따라 하던 그녀는 몸이 나무토막처럼 뻣뻣하다며 쉽게 포기하고선 방바닥에 드러누워 가쁜 숨을 내쉬었다. 그때가 떠올라 지영은 옻물을 챙겨왔다. 옻물은 엄마가 예전부터 민간요법으로 자주 음용했다. 통증으로 인해 잠을 못 이루던 밤이면 엄마는 옻물을 소량 마시고는 잠이 들었다. 최근 불면증이 생긴 지영도 엄마처럼 옻물을 마셨다. 한 모금 이상 마시면 가려움증이 일어 피부과 약을 먹어야 해서 딱 한 모금만 마셨다. 그러면 잠을 잘 잤다. 분필을 쥔 오른쪽 손가락, 손목, 어깨에 통증이 일었다. 저들도 마찬가지일 것이다. 여기저기 고장 나서 쉽게 지칠 것이다. 그래서 저들은 옛날에 넘치던 에너지가 그리워 이곳에 모였을 것이다. 고 선배를 비롯한 우리 모두에게는 대체 에너지가 필요한 시기다. 불현듯 모두에게 희망이 되는 문구가 떠올랐다.

"21세기에는 태풍의 길목에서 기다려야 한대요. 기다리다 보면 바람이 우리를 원하는 곳으로 데려다 줄 거라네요. 중국의 한 갑부가 말했대요. 모두들 태풍의 길목을 잘 찾아보세요."

까마득한 후배가 반론을 내세웠다.

"바람에 잘못 날아가면 아무 곳에나 처박혀 죽어요."

"암튼 우리는 상수만 밀면 돼. 대박 난다니까?"

고 선배가 대꾸했다. 술에 취한 회원들은 이내 옆 사람을 붙들고 사는 이야기로 수다를 떨었다. 밤이 깊어지면서 한옥 밖에서는 때늦은 꽃샘바람이 윙윙거리며 창문을 흔들었다. 보일러를 돌려 실내는 열기로 가득했고 술에 취한 사람들은 끈덕지게 잔을 돌렸다. 남을 것 같던 안주도 바닥이 났다. 주식 투자가 화두였다가 다시 에너지로 이어졌다. 주식이든 에너지든 이제 그들 모두를 달뜨게 할 뭔가가 필요한 것이다. 수민회는 늙어간다. 충전시켜도 쉽게 방전되고 마는 쇠락의 시기로 접어든 것이다.

"고 선배는 왜 안 찍었어요?"

까마득한 후배가 혀가 꼬부라진 소리로 고 선배를 흘기며 물었다.

"좀 봐줘. SNS도 본다니까. 그들이 아내 회사에도 찾아갔대."

고 선배가 변명하는 소리를 들으며 지영은 조리대로 갔다. 물이 펄펄 끓고 있었다. 석화를 넣고 잠시 기다렸다가 김이 새어 나오자 냄비 뚜껑을 열었다. 뽀얀 국물과 함께 살짝 입을 벌린 석화가 보였다. 반투명하던 생굴이 익으면 살이 하얗게 변했다. 투명한 쌀도 익으면 하얗다. 찹쌀은 하얗다가 익으면서 투명에 가까운 색을 띤다. 탱탱하던 젊음이 가고 쭈글하게 변한 모습으로 인간도 익어가는 걸까? 집게로 석화를 건져내 상에 올렸다. 회원들은 뽀얗게 익은 굴을 보고도 시큰둥했다. 그럼에도 아직 파할 생각이 없는지 말하는 사람, 눈감고 듣는 사람, 웃는 사람, 상에 머리가 닿도록 고개를 숙인 사람들이 자리를 지키고 있었다. 여태껏 한마디도 않고 있어 참석한 줄도 몰랐던 조용한 선배가 고 선배를 불렀다.

"선배! 때 창 좀 불러 봐요."

그러자 누군가 나서서 때 창을 웅얼거렸다.

"아니, 그건 전설이신 고 선배가 불러야 제 맛이지."

회장이 박수를 치자 다들 고릴라를 외치며 환호했다. 못이긴 척 고 선배가 정좌를 하더니 두 손을 무릎에 놓고 노래를 부르기 시작했다. 고 선배의 목소리는 우렁차고 근엄하기까지 했다. 시커먼 얼굴이며 치켜 올라간 눈썹에 들창코까지 그는 전투태세에 돌입한 진짜 고릴라 같았다.

"내 몸에 때, 봐라. 네가 봐도 무섭지! 힘차게 벗겨라! 이태리, 타올!"

노래가 끝나자 박수가 쇄도했고 앙코르 요청이 이어졌다. 회장이 이 절을 외쳤다.

"내 몸에 물집이 부풀어 오를 때, 힘차게 밀어라. 도루코 면도날!"

이 절을 마친 고 선배가 삼 절 가사가 기억나지 않는다고 했다. 여기저기서 가사에 대해 분분한 의견이 쏟아졌다. 회장이 상수 선배로부터 톡이 왔다며 삼 절 가사를 읽었다. 이어 고 선배가 삼 절을 부르기 시작했다.

"이 땅에 파쇼가 음음음, 음음으으으 힘차게 맞서라, 음음음, 음음!"

노래가 끝나자 모두 박수를 쳤다. 한순간의 착시 현상인지 고 선배의 체격이 다시 우람해 보였다. 활기를 되찾은 술자리는 새벽까지 이어졌다. 농담과 정적과 침묵 사이로 고 선배는 수시로 개구리를 잡아댔다. 그때마다 괄약근을 핑계로 변명했지만 여자 후배들의 꼬장꼬장한 잔소리가 이어졌다. 술자리가 막판에 접어들 때였다. 고 선배가 술이 깬 듯 말짱한 얼굴로 뜻밖의 말을 했다.

"우리 밴드에 눈팅만 하는 친구들이 있어."

"누가요?"

몇몇이 물었다.

"어떤 후배 있어. 한 번도 출첵을 안 하고 눈팅만 해!"

고 선배가 노골적으로 누군가를 험담하는 것은 처음이었다. 식어버린 석화 껍질에 붙은 관자는 말끔하게 분리되지 않았다. 지영은 강의실 바닥에 붙은 껌을 긁어내듯 신경질적으로 그것을 도려냈다. 옆에 놓인 쟁반에는 석화 껍데기가 가득 쌓였다.

"고 선배, 그들이 아직도 따라다녀요?"

회장이 사뭇 진지하게 물었다.

"어, 처음엔 귀찮았는데 나중에 보니 좋은 점도 있더라고. 나에 대한 통계가 쫙 나와. 그들이 내가 비행기를 몇 번 탔는지 어디를 갔었는지 통계를 낸 거야! 나도 모르는 횟수였는데."

"옛날에 나도 외국 나가기 힘들었는데 그들이 보증을 서 줬던 적도 있어."

택시 노조에서 활동했던 한 선배의 무용담이 이어졌다. 한 선배의 이야기가 끝나기가 무섭게 이번에는 고 선배가 나섰다.

"나는 아예 같은 건물 아래층에 낯선 남자가 대기하고 있었어. 삼층이 우리 사무실이었는데 내가 내려가면 귀신같이 알고 그이가 문을 열고 나오는 거야. 그러고는 나를 향해 안녕하십니까, 어디 가세요? 하고 손을 내미는 거야. CCTV를 달아놓고 나를 감시하는지, 도청을 하는지 모르겠지만 매번 그러더라고. 내가 악수하고 싶겠어? 뿌리치고 다녔지. 그런데 말이야. 한 달쯤 지났을 때 그이가 얼굴까지 붉히며 화를 내는 거야."

고 선배가 말하는 그이의 변은 이랬다. 나도 사람이다. 사람이 인사를 하면 받아 주고 어디를 가면 간다고 알려주면 될 걸, 뭘 그렇게 야박하게 구냐. 그렇게 화를 내고는 사무실로 들어가더라고 했다. 처음에는 황당해서 잠시 서 있었다고 했다. 그날 선배는 가던 길을 돌려 사무실로 올라가서는 의자에 앉아 남자의 말을 곰곰이 생각했다고 한다. 과연 생각해 보니 그이의 말이 틀린 것도 아니어서 나중에는 좀 미안해지더라고. 이후로 고 선배는 그이와 악수도 하고 행선지도 알려주고 그렇게 지냈고 그러다 보니 어쩐지 친근감마저 생기더라고 했다.

회원들의 반응은 다양했다. 아직도 따라다니냐고 묻는 사람, 그냥 손도 잡고 웃어주지 그랬냐며 농담으로 넘기는 사람, 상생이 중요하다는 사람. 그러자 한 선배가 상생 중요하다며 외국에 나갈 때 보증을 서준 사람 이야기를 다시 꺼냈다.

*

잠자리에 든 시간은 새벽 네 시였다. 지영이 이불에 눕기도 전에 창호 미닫이문 맞은편에서 코 고는 소리가 들려왔다. 코골이가 전염되는지 다른 사람도 연달아 코를 골아 나중에는 합창처럼 이어졌다. 지영은 머리를 반대로 두고 누웠다. 이번에는 지린내가 났다. 먼저 묵어간 어떤 취객이 오줌을 눈 모양이었다. 하는 수 없이 동창으로 머리를 두고 누웠으나 커튼 아래로 찬바람이 스며들어 재채기가 났고 급기야 콧물까지 흘렀다. 지영은 콧물을 훌쩍거리며 예전에 자신이 수민회에 대해 맹목적이었던 까닭을 생각했다. 엄마 때문이었다. 그 시절 지영은 엄마의 맹목적인 믿음과 그 끈덕진 기대에 숨이 막혔다. 그녀는 대학 강의실에서 복학생이던 고 선배를 만났다. 그는 지영에게 대뜸 모임이 있는데 한번 나오라고 했다. 책 읽고 토론하는 독서 모임 성격이라고 했다. 수요일 밤에 독서 모임이라고 해서 가볍게 참석했다. 모임에는 다양한 사람들이 있었는데 만날 때마다 왠지 흥미로웠다. 회원들은 각자 꿈을 가지고 있었다. 시골에서 농촌 활동을 하겠다는 사람, 노조 활동을 돕겠다는 사람, 대안학교에서 봉사하고 싶다는 사람, 시민활동을 하겠다는 사람 등. 한 번은 회원 중 한 사람이 꿈이 뭐냐고 물었다. 지영은 잠시 머뭇거리다가 돈을 벌 거라고 했다. 그 사람은 눈만 끔뻑였고 지영은 돈 때문에 꿈을 꿀 수가 없다고 변명했다. 엄마는 지영이 대학 새내기 때 폐암 진단을 받았고 삼 년을 투병 생활을 했다. 그러는 동안 통통했던 엄마의 몸은 살이 내리고 뼈만 남았다. 뼈와 살만 남아 더 이상 말릴 게 없을 때도 엄마는 기도를 했다. 기도 좀 그만하라고 지영이 화내면 엄마는 이만큼 견딘 것도 다 주님의 은혜라며 눈앞에 주님이 계신 것처럼 해맑게 웃었다. 지영은 엄마의 그 해맑음에 진저리가 났다. 끝내 버리지 못하고 희망과 믿음으로 주의 뜻대로, 를 외치며 짓던 그 미소가 지겨웠다. 그녀는 엄마가 통증으로 힘들어 하는 게 싫어서 빨리 죽기를 바랐다. 그런 바람과는 달리 엄마는 딸을 위해 더 살아야 한다고 최대한 버티다가 숨을 거뒀다. 엄마가 죽고 나서 지영은 학원가에 입성했다. 주택 담보 대출을 받아 감당했던 병원비를 갚느라 그녀는 쉬는 날도 없이 일했다. 지금은 빚을 갚고 전세로 살고 있다. 나이가 들어 일을 그만두면 무얼 할까, 가끔 생각하지만 이제와 새로 무언가를 시작하기에는 너무 늦은 것 같아 생각을 접는다. 그래도 뭔가는 해야 할 텐데, 이런저런 생각으로 몸을 뒤척이던 지영은 여명이 시작될 무렵에야 겨우 잠이 들었다.

아침은 라면으로 간단히 먹고 갈 곳을 정했다.

"난, 죽녹원."

"우리는 메타세콰이어 길."

선배 몇과 후배들 간에 의견이 분분했다. 둘 다 가자고. 가까운 죽녹원 먼저 걷고 그다음에 차로 이동해서 메타세콰이어 길로 가면 되지. 안 그래, 회장님? 이번에도 고 선배가 상황을 정리했다. 그러고는 출발하려는데 누군가 단체 사진을 찍자고 했다. 한옥을 배경으로 마당 한가운데 서서 사진을 찍고 죽녹원으로 갔다. 매표소에서 지도를 받아 살피며 무리 지어 대나무 숲길을 올랐다. 걷다가 세 팀으로 나뉘었다. 갈래 길에서 서로 헤어졌고 어느 길에서는 다시 합류했다. 대숲 중간쯤에서 선대 대통령이 걸었던 길이 나왔다. 길 이름이 선도길이라고 했다. 신선이 도를 닦는 길? 우와. 모두가 감탄하고 있을 때 누군가 말했다. 길에 대통령 이름을 붙여놓으면 싫어하는 사람들이 있대요. 그러자 회장이 대꾸했다. 한 식당에서는 전 대통령 방문 기념사진을 걸어뒀다가 사람들이 싫어해서 그것을 떼어냈다고 해요. 이번에는 설정 바둑을 둔 선배가 매혈기 이야기를 했다. 팔게 없어 피를 판다고 생각하면 참 막막하더라고요. 그 시절이나 지금이나 별로 달라진 것도 없잖아. 우리는 뭔가를 다 팔고 살아. 웃음이든 노동력이든 장기든 각자 처한 상황이 조금씩 다를 뿐이지. 한 선배가 냉철한 분석을 내놓았다. 그런 이야기를 나누다가 숲 어느 지점에서는 기념사진을 찍었고 숲에서 내려와서는 차 세 대에 나눠타고 메타세콰이어 길로 이동했다. 먼저 도착한 까마득한 후배가 길을 걸으려면 인당 삼천 원을 내야 한다고 입을 삐쭉였다. 근데 매표소가 닫혔네? 한 선배의 말에 고 선배가 사진만 찍자고 했다. 아무도 없는데 그냥 걸으면 안 되냐고 투덜대던 까마득한 후배가 나무를 배경으로 사람들이 나란히 서자 결국 포기하고 그들 옆에서 사진을 찍었다. 사진을 찍고 삼삼오오 흩어져서 서울로 출발했다. 헤어지기 직전에 지영은 차 트렁크에서 쇼핑백을 꺼내 고 선배에게 건넸다.

"이거, 염증에 좋은 거래요. 언니 주세요."

"집사람이 좋아하겠다. 고마워."

고 선배는 연락하겠다며 지영의 손을 꽉 붙잡더니 또 보자고 했다. 그러고는 순정 물티슈 광고가 코팅된 레이에 사람들을 네 명이나 태우고 서울로 출발했다.

*

이틀 뒤, 출근 준비를 서두를 때 고 선배로부터 전화가 왔다. 나중에 받을까 하다가 통화 버튼을 눌렀다. 선배가 아니라 그의 아내였다.

"귀한 선물 잘 받았는데 인사가 늦었어요."

"고생이 많았다고 들었어요. 힘드셨죠?"

감독관 이야기를 들었던 터라 지영이 상냥하게 위로의 말을 건넸다. 그러자 조금 전까지만 해도 단정했던 그녀의 목소리가 뭔가에 쫓기듯 떨리기 시작했다.

"정말 힘들었어요. 감독관이라는 사람이 내 직장 상사를 만났더라고요. 그 사실을 육 개월이나 숨겼더라고요. 몇 년 동안 함께 일했는데 육 개월이나 침묵하다니 말이 돼요? 결국 견디지 못하고 직장을 때려치웠어요. 한 달을 쉬다가 경쟁사로 옮겼죠. 그런데도 마음이 편하지 않네요. 저들보다 상사와 동료가 더 용서가 안 돼요."

"에고, 정말요? 너무 하네요."

몇 마디 추임새만 넣으며 듣고 있던 지영이 불현듯 SNS까지 들여다본다던 선배의 말을 떠올렸다. 그녀의 푸념이 오 분을 넘어서고 있었다. 이야기가 지속되자 지영은 급한 일정이 있다며 전화를 끊었다. 그러고는 식탁에 앉아 밴드를 살폈다. 부지런한 회장이 모임 사진을 벌써 대문에 올려놓았다. 햇살이 가득한 한옥 마당에 나란히 서서 카메라를 바라보고 있느라 회원들 모두는 미간을 찌푸리거나 고개를 살짝 숙이면서도 입가에 미소를 띄고 있었다. 유독 그들 중 좌측에 선 한 여자만이 고개를 돌려 먼 곳을 보고 있다.

네모 쇼핑센터

김은주는 밤중에서야 산길로 접어들었다. 새벽에 출발해서 여태까지 운전대를 붙들어서인지 손가락이 붓고 팔이 뻣뻣했다. 곧 목적지에 도착할 것이라는 희망으로 버티는 중이었다. 늦봄인데도 산속의 기온은 아직 겨울 같았다. 히터를 틀고 뿌연 창밖을 응시하며 목적지를 향해 조금씩 나아갔다. 웅장한 나무 사이로 뻗어있는 수풀을 가르며 넓은 공간이 나타나기를 기다렸지만 목적지는 좀처럼 보이지 않았다. 길은 미로처럼 구불구불 이어져 있어 흡사 동굴을 지나는 것 같았다. 길을 잘못 들어섰을까, 지시 사항 중에 놓친 건 없을까, 김은주는 마지막 통화 때 홍 이사가 한 말을 다시 떠올렸다.

"국도로 이동하세요. 주여산 주변을 돌다 보면 J 요양원 표지판이 세워져 있어요. 표지판을 끼고 돌아 우측 산길로 이십 분쯤 가다 보면 목적지가 나올 겁니다. 그곳에서 기다리세요.

명심하세요. 네비게이션도 핸드폰도 다 끄고 움직여야 해요."

그러더니 홍 이사가 젊은 날 다정했던 그때처럼 김은주를 불렀다.

"은주야, 언니 믿지? 언니도 우리 은주 믿을게. 하나님 아버지 반드시 지켜야 해."

"네, 언니. 지킬게요."

김은주가 지키겠다고 대답했을 때는 이미 통화가 끊긴 상태였다. 홍 이사는 신중하고 배려 깊어서 일방적으로 전화를 끊은 적이 없었다. 일이 다급하게 돌아간다는 반증이었다.

네모 쇼핑센터에 갓 입사했을 때 김은주를 살뜰히 보살핀 사람이 홍 이사였다. 그 시절 마흔을 바라보고 있던 홍 이사의 직함은 주임이었다. 사석에서는 왕언니라고 불렀지만 일할 때는 철저히 존댓말을 했다. 김은주가 삼 일 동안 신입 교육을 받고 배정받은 일은 반찬 코너 담당이었다. 그 당시 매장을 총괄하던 홍 주임은 김은주에게 업무에 관한 구체적인 것들을 지시했다. 예를 들자면 김은주가 식품 매대를 청소하고 무엇을 할지 몰라 멀뚱하게 서 있으면 주임이 나타나 다음 할 일을 지시했다. 한 번에 한가지씩 시켜서 김은주가 일을 수행하는데 별 어려움이 없었다.

"은주 씨, 열한 시에 카트를 끌고 식당으로 가서 물건을 가져오세요."

대답하고 시계를 보면 정확히 열 시 오십 분이었다.

네모 쇼핑센터는 협소하고 돌보지 않아서 사실상 방치된 공터에 가까웠지만 작은 뒷마당이 있어 좋았다. 그곳 바닥에는 자갈이 깔렸는데 틈새로 올라온 각종 잡풀이 자랐고 배수가 원활하지 않아 비가 오면 추적추적 물이 고였다. 그런 날 마당을 가로지르면 자갈 사이로 찐득한 흙이 올라와 신발이 엉망이 됐다. 비가 그친 날에는 해가 쨍하게 들어차 마당에는 맑고 푸릇한 생기가 넘쳐났다. 시간이 남으면 김은주는 그곳에서 풀들을 만지며 자그락자그락 밟히는 자갈 소리를 듣다가 열한 시 정각이 되면 카트를 밀고서 식당으로 달려갔다. 식당에는 갓 만든 종류별 반찬들이 포장되어 진열대에 오르기를 기다리고 있었다. 엄마들! 안녕하세요! 김은주가 큰소리로 인사하면 엄마들이 그녀를 딸처럼 반겼다. 실제로 그들은 서로를 식구라고 여겼고 식구처럼 행동했다. 호칭도 딸, 아들, 삼촌, 엄마, 아빠로 불렀다. 김은주는 도심 한가운데 있는 작은 마당이 있고 딸, 하고 불러주는 엄마들이 있어 네모가 더 좋았다. 엄마들의 반찬은 두 시간이 지나기 전에 금세 동이 났다. 더 만들어도 다 팔릴 텐데, 싶어 어느날 김은주는 김미순 고모에게 적당량만 만드는 이유를 물었다. 갓 만들어 먹어야 맛있어, 만드는 손맛 정성 다 중요하고 무엇보다 청결해야 하니까 너도 신경 씨, 손도 자주 씻고 옷도 잘 빨아서 단정히 입고. 괜히 물었다가 잔소리만 들은 날 이후로 김은주는 틈날 때마다 손을 씻고 매대나 진열품에 티끌이라도 묻지 않았는지 살폈다. 반찬 매대 일이 마무리될 즈음, 홍 주임이 매장 이곳저곳을 살피며 시찰을 돌았다.

"거의 다 팔렸어요. 엄마들 솜씨가 좋은가 봐요."

김은주의 말에 홍 주임은 인자한 미소를 지으며 수고했다고 칭찬했다. 그러고는 좀 쉬었다가 과자 매대 빈 곳 채워달라고 부탁했다.

*

지난밤, 홍 이사가 메시지를 보내왔다. 즉시 별장으로 내려가 대기하라는 내용이었다. 열한 시가 넘어가는 시간이었다. 급한 대로 지갑과 핸드폰만 들고서 집을 나서다가 운전 중에 김한기에게 전화를 걸었다. 집 전화도 핸드폰도 받지 않았다. 언제나 그렇듯이 술에 취해 잠든 모양이었다. 별장 상태를 확인하려 했지만, 별 수 없이 서둘러야 했다. 시속 140킬로를 넘게 밟아 S시 톨게이트를 통과해 외곽 도로를 탔다. 그러고도 삼십 분을 달려 다리를 건넜고 드디어 황개평야로 들어섰다. 계기판에 전자시계가 두 시 오 분을 표시했다. 넉넉잡아

십 분이면 집에 도착할 수 있다고 긴장을 푼 순간이었다. 저만치 강가에서 몽글몽글 일어서는 형체가 보였다. 형체는 거인처럼 거대했다. 김은주는 바짝 긴장해서 속도를 늦추었다. 가까워질수록 형체가 드러났다. 아, 그것은 안개였다. 안개를 보며 자랐으나 깊은밤 물가에서 일어서는 안개는 처음 목도했다. 돌아가야 하나 잠시 생각하던 중에 성큼성큼 다가온 안개가 차를 덮쳤다. 어둠을 하얗게 뒤덮은 안개에 당황한 김은주가 상향등을 켜고 길을 주시했지만 시야는 겨우 일 미터 정도였다. 그녀는 발로 더듬어 걷듯이 악셀을 밟았다 뗐다 하며 평야를 가로질렀지만 도무지 속도를 낼 수 없었다. 장도에서 시작되는 황룡강은 드넓은 평야를 휘돌아 도심 외곽으로 뻗어나가 이암시로 흐른 뒤 서해로 합류하는 큰 강이었다. 김은주의 기억으로 이곳 황개 평야는 아침마다 안개로 뒤덮였다. 평야를 가까스로 건너자 농협 옆으로 불빛이 흐린 편의점이 보였다. 조금만 더 지났을 때 마침내 아무나 슈퍼 입간판이 나타났다. 그곳에서 좌회전을 하고 농로로 향했다. 완경사로 이루어진 농로 양쪽에는 다랑논이 자리했다. 중간쯤에 할아버지 논이 있다. 농사철이면 할아버지는 수로를 막아 자루가 긴 두레박으로 물을 퍼 올려 농사를 지었다고 한다. 논에 물을 대려면 삼 일은 물을 퍼 올려야 했고 고된 노동을 견디려고 할아버지는 막걸리를 음료처럼 달고 살았다고 한다. 그런 할아버지를 위해 할머니는 철마다 막걸리를 만들었다. 김한기도 막걸리를 즐겨 마셨다. 하지만 막걸리를 말로 먹고도 거뜬했던 할아버지와 달리 김한기는 술을 이기지 못해 수시로 병원을 들랑거렸다. 간혹 병원에 입원하는 일도 있었는데 그러면 능선골이 텅 비었다. 예전에 능선골에는 세 집이 살았다. 세월이 흘러 두 집에 살던 어른들은 늙고 병들어 자식들이 있는 도시로 떠났고 지금은 김한기 한 사람이 능선골을 지킬 뿐이었다. 그러니 그가 병원에 있는 동안에는 빈집만이 덩그러니 그곳을 지키며 김한기가 돌아오기를 기다렸을 것이다.

대문이 열려 있다. 평생을 문을 열어두고 산 습관을 고치지 못한 김한기는 언제나 문을 열어두었다. 그는 별채에서 지낸다. 본채에서 지내라고 해도 김한기는 자신이 살던 집이 편하다며 별채를 고집했다. 김은주는 본채를 지나쳐 별채로 향했다.

*

침대 위에 반듯이 누운 김한기는 눈을 동그랗게 뜨고는 미동도 하지 않았다. 방바닥에는 검은색 캐리어 가방이 가로로 놓여 있고 그 위에 약봉지와 입었던 옷이 어지럽게 놓여 있다. 약봉지가 두툼했다. 신경통약, 알코올성 치매 예방약, 위장약, 소화제, 바리움정 등 아침 알약이 일곱 개나 되었고 저녁 약에는 수면제가 포함되어 여덟 알이 들어있다. 말술을 먹고도 끄떡없던 할아버지와 달리 여기저기 아프다면서 술을 끊지 못해 병원을 드나들었다. 고관절도 손상됐고 관절염 때문에 손가락 마디도 툭툭 불거져 있다. 방바닥에는 막걸리 병이 네 개나 널브러져 있다. 아버지. 아버지! 김한기를 흔들어 깨우던 그녀는 순간 주춤하고는 그를 살폈다. 동공에 움직임이 없었다. 김은주는 당황스러웠다. 언제부터 저 상태였는지 알 수가 없었다. 코에 손등을 갖다 대고 가슴을 만지고 손목을 쥐는 순간, 김은주는 김한기가 죽었다는 사실을 인지했다. 섬뜩하여 한 발 물러나 망연하게 서 있던 그녀는 문득 엿새 전 밤이 떠올랐다. 한밤중에 홍 이사와 통화 중이던 한승호가 심각한 표정으로 전화를 끊었다. 그러고는 캐리어를 찾아 짐을 챙기고 하나님 아버지 구원석을 모시고 집을 나섰다. 운전석에 앉은 한승호가 시동을 켜고는 가까운 지방으로 갈 거라고 했다. 연락이 없더라도 걱정하지 말고 잘 지내라고 했다. 별 탈 없이 잘 도착했는지 걱정하다가 새벽녘에 잠들었고 나중에야 부재중 전화를 발견했다. 술만 마시면 의례 전화로 횡설수설하는 것이 일상이었다. 다시 전화가 올 거라고 생각하고는 잊고 있었다. 한승호는 연락이 없었고 구원석에 대한 뉴스는 지치지 않고 쏟아졌다. 불안과 초조의 날들이었으나 김은주는 무소식이 희소식이라는 생각에 연락이 오지 않기를 바라기도 했다.

복병을 만난 듯 난감한 상황에 김은주는 한숨을 길게 내쉬었다. 그러다가 침대 매트에서 얼룩을 발견했다. 오물이 흘렀다가 마른 상태였다. 갑자기 참을 수 없는 구역질이 올라왔다. 바깥으로 나가 쓴 물을 토해냈다. 수도를 틀어 물로 입을 헹구고 주변을 살폈다. 안개에 묻힌 능선골은 해무가 낀 바다처럼 적막하고 고요했다. 해결책을 찾아야 한다, 이곳에는 아무도 없다, 죽어가는 순간도 죽음도 혼자서 감당한 김한기를 저대로 둘 수는 없다. 김은주는 초조하게 마당을 오가다가 퍼뜩 해결책을 떠올렸다. 그녀는 서둘러 차로 가 올라왔던 길을 되짚어 내려갔다. 아무나 슈퍼를 지나자 희미하게 번지는 편의점 불빛이 보였다. 주차장에 차를 세우고 안전벨트를 풀 때 메시지가 도착했다.

한 시간 후 도착 예정

홍 이사이었다. 김은주는 서둘렀다. 바구니에 생수와 참치, 포장김치와 김장 봉투 특대를 넣고 박스테이프도 챙겼다. 돌아오는 길에 따라붙던 차량 두 대가 김은주의 차를 추월했다. 김은주는 그들이 벌써 지나갔는데도 저속으로 운전해서 능선골에 당도했다. 한승호는 아직 도착 전이었다. 그녀는 김장 봉투와 테이프를 꺼내 들고 별채로 갔다.

김한기는 생각보다 무거웠다. 김장 봉투를 위아래로 씌워 테이프로 칭칭 감고 다시 덧씌웠다. 둘둘 말린 비닐에 싸인 김한기는 형체를 부풀린 대형 고치 같았다. 바람을 빼고 다시 테이핑을 해도 부풀려지는 건 마찬가지였다.

"어쩔 수 없잖아요, 아버지."

중얼거리며 김한기를 안아 올렸지만 꿈쩍하지 않았다. 그녀는 김한기를 그대로 두고 본채로 갔다. 문을 열고, 환기를 시키고, 청소기를 돌리고 식사 준비를 했다. 압력솥의 추가 가쁘게 돌아가며 밥 냄새를 풍겼고, 김치를 넣고 끓인 참치 김치찌개가 식욕을 자극했다. 그제야 허기가 졌는지 뱃속에서 꼬르륵 소리가 났다. 생각해보니 전날부터 먹은 게 없었다. 그녀는 김이 모락모락 올라오는 쌀밥에 김치를 올려 입으로 밀어 넣었다. 밥이 달았다. 며칠 굶은 사람처럼 허겁지겁 밥을 먹었는데도 여전히 허기가 졌다. 다시 밥통을 열었을 때, 바깥에서 차 소음이 들려왔다. 한승호가 도착했다. 구원석을 부축해 들어온 그는 식사부터 차리라고 했다. 일주일 사이에 구원석은 완전히 달라져 병색이 짙은 노인처럼 초췌했다. 한승호가 그를 부축해서 식탁에 앉혔다. 그는 허기가 졌던지 밥과 국을 말끔하게 비웠다. 옆에서 밥을 먹던 한승호는 그가 식사를 마치자 손가방에서 약봉지를 꺼내 물과 함께 구원석에게 내밀었다. 시키는 대로 선선히 알약을 삼킨 구원석이 눕고 싶다고 했다. 한승호가 그를 방으로 모셔가 침대에 눕힌 다음 베개와 쿠션을 등에 받쳤다. 그가 눈을 감는가 싶더니 이내 잠들었는지 푸우, 푸우 거친 숨소리를 내쉬었다. 그러다가 이내 몸을 비틀며 아으으, 으으읍, 하는 신음을 뱉어냈다. 불현듯 김한기가 혼자서 신음하며 숨을 헐떡였을 모습이 떠올랐다. 그제야 그런 생각이 들었다. 자신이 하나님 아버지라고 평생을 따른 구원석이 어쩌면 김한기와 같은 평범한 아버지일지도 모른다는 생각. 김은주는 몸을 부르르 떨며 진저리를 쳤다. 무슨 생각을 하는 거야. 그럴 리가 없어 김은주가 부엌으로 가서 물을 한 컵 들이키고 정신을 가다듬을 때, 한승호가 따라와 김한기를 찾았다.

"죽었어."

김은주가 한숨을 푹 내쉬며 말했다.

"어?"

한승호는 더 이상 말을 잇지 못하고 망연한 표정을 짓더니 언제? 하고 물었다. 김은주는 모른다고 했다.

"내가 대충 염을 했어. 그래서 말인데 저대로 둘 순 없잖아? 대나무 숲 토굴에 할아버지가 밀주를 보관하던 항아리가 있어. 우선 그곳에 모시자."

한승호는 말없이 고개만 끄덕이더니 별채를 향해 앞장섰다.

토굴에는 큰 항아리가 두 개 있었다. 할머니는 그곳 중 한 곳에 막걸리를 담고 나머지 항아리에는 씨종자를 넣어두었다. 김한기를 오른쪽 항아리에 모셨다. 김한기를 옮기느라 땀

범벅이 된 한승호는 다시 밖으로 나가더니 캐리어 가방을 들고 와 왼쪽 항아리에 넣었다. 낑낑대며 캐리어 가방을 넣고 뚜껑을 덮은 한승호가 가쁜 숨을 내쉬더니 캐리어 가방이 한 개 더 있다고 했다.

"어디에?"

"당신 차 트렁크에. 약봉지는 운전석 홀더에 넣어놨어, 아버지가 힘들게 하면 물에 타서 마시게 해. 소갈 때문에 물을 마셔야 하니까. 차에 있는 건 돈이야. 다른 건 몰라도 돼."

"괜찮을까?"

"괜찮을 거야. 나는 지금 시내로 갈 거야. 당신은 반대쪽으로 가다가 국도로 이동해. 안개가 걷히기 전에 서둘러야 해."

떠나기 직전에 한승호가 자신의 핸드폰으로 홍 이사와 통화했다. 그러더니 김은주에게 폰을 넘겼다. 홍 이사는 즉시 능선골을 떠나라고 했다. 목적지는 J 요양원이었다. 네비도 핸드폰도 꺼두라고 했다. 통화를 마친 한승호는 차를 운전해 안개 속으로 들어갔다. 차에 오르던 뒷모습이 초췌한 늙은이처럼 보였다. 옷차림도 일주일 전 그대로여서 점퍼라도 챙겨올 걸 후회하며 김은주는 한동안 그 자리에 서 있었다.

*

네모에는 다양한 고객들이 드나들었다. 그럼에도 점심 전후로 반찬 코너에 드나드는 사람들은 익숙한 사람들이었다. 두 달쯤 지나 김은주는 그들이 대부분이 단골 고객임을 알아차렸다. 어떤 고객은 매일같이 호박죽, 어떤 고객은 잡채를, 어떤 고객은 멸치볶음이나 홍어무침을 사 갔다. 가끔 선호도가 뚜렷한 반찬이 떨어지면 오이소박이나 쪽파김치 물김치 등으로 갈아타기도 했으나 대부분 제시간에 와서 기호식품을 사갔다. 오후가 되면 반찬 코너 매대는 텅 비고 밑반찬 몇 가지만 남아있었다. 고객들이 뜸해지는 두 시 쯤이면 김은주는 과자 코너로 가서 비어있는 종류별 과자를 메모장에 적어 창고담당 김 주임에게 건넸다. 그는 무뚝뚝했지만 성실해서 말없이 이층 창고로 가서 컨베이어에 물건을 실어 내렸다. 십오 분쯤 기다렸다가 뒷마당으로 간 김은주는 바닥에 떨어진 상자를 카트에 실어 매장으로 밀고 가 매대에 진열했다. 그러던 어느 날, 일이 빨리 끝나 매장을 어슬렁거리던 김은주는 유리문 밖에서 추운지 손을 비벼대고 있는 또래 남자를 발견했다. 홍 주임이 신입 배달기사, 라고 했다. 김은주는 계산대 옆에 놓인 배달 바구니를 들고 밖으로 나갔다. 그러자 신입이 다가와 쭈뼛거리며 배달 바구니를 뺏어 들었다. 김은주는 그 모습이 귀여워 싱긋 웃으며 물었다.

"새로 들어왔어요?"

"네."

"이름이?"

한승호는 대답 대신 배달 바구니를 들고 서서 잠시 머뭇거렸다. 저, 길 좀. 그러고 보니 자신이 오토바이 뒤 짐칸을 막고 선 거였다. 뒤로 비켜나자 한승호가 오토바이 짐칸에 바구니를 싣고는 운전석에 앉았다. 김은주는 신입의 뒤통수를 향해 다시 물었다. 이름이 뭐냐고요? 못 들은 줄 알았는데 그가 고개를 돌려 한승호라고 말했다. 그러고는 오토바이 손잡이를 잠시 살피더니 시동을 켜고 배달을 나갔다. 어설픈 출발을 보니 초짜가 분명했다. 김은주는 한승호가 왠지 모르게 귀여워 틈만 나면 통유리창 밖을 기웃거렸다. 그는 주로 책을 보고 있었다. 홍 주임이 알려준 바에 의하면 한승호는 오전에는 회계사 관련 공부를 하고 오후에 잠깐 배달 일을 한다고 했다. 귀여운데 착실하기까지 한 한승호를 볼 때마다 김은주의 볼에 저도 모르게 웃음꽃이 피어났다.

한 달쯤 지났을 때였다. 홍 주임이 김은주에게 한승호를 좋아하냐고 물었다. 김은주는 저도 모르게 고개를 주억거리고는 수줍어서 두 손으로 볼을 감쌌다. 그러고는 좋기는 한데 한승호의 속내를 모르겠다고 했다.

"먼저 고백해 봐."

홍 주임이 말했다.

"뭐라고요?"

"사귀자고 하면 되지."

김은주는 거절하면 어떡하냐고 걱정했다. 주임은 그래도 진심인 것 같으면 말해봐야 한다며 자신의 과거사를 털어놨다. 좋아하던 남자를 바라만 보다가 동료에게 뺏겼다며 그냥 고백이라도 해 볼걸 후회된다고 했다. 홍 주임은 지금까지도 그 시절을 후회한다며 그녀에게 용기를 내보라고 했다. 김은주는 이틀 동안 고백을 할까, 말까, 그 생각만 했다. 아무리 생각해도 하고 싶다는 마음이 앞섰다. 그녀는 결단을 내리고 한승호에게 만나자는 쪽지를 건넸다.

*

크리스마스이브였다. 하늘이 온통 잿빛이더니 초저녁에는 눈이 시작되었다. 김은주는 핑크빛 빵모자를 쓰고 빨간 장미가 섞인 꽃다발을 들고서 네모 정문 밖에서 배달 나간 한승호를 기다렸다. 처음에는 살포시 내리던 눈이 이내 거세게 쏟아지다가 어느새 함박눈으로 바뀌었다. 한 시간이 지났을 뿐인데 도로가 눈길로 변했다. 김은주가 발을 동동거리며 기다릴 때 방한모를 귀까지 덮어쓴 한승호가 마지막 배달을 마치고 돌아왔다.

"추운데 왜, 안 들어가고 있어요?"

오토바이를 세운 한승호가 김은주에게 웃으며 다가왔다. 흠칫 놀란 김은주는 꽃다발을 등 뒤로 감추며 한승호에게서 한 발짝 물러섰다.

"핑크색 모자가 예쁘네요."

그가 모자를 칭찬하자 김은주가 방긋 웃었다. 한승호가 다시 다가와 모자 위 눈을 털며 말했다.

"이러다 눈사람 되겠어요."

눈을 털고 난 한승호가 장갑을 벗어 김은주에게 내밀었다. 그제야 김은주가 등 뒤로 감추었던 꽃다발을 불쑥 내밀고는 말했다.

"나랑 사귈래요?"

얼떨결에 받아 든 꽃다발을 내려다보던 한승호는 한참 동안 무표정했다. 새로 산 구두코를 바닥에 쿡쿡 찍어대던 김은주가 참다못해 그를 향해 다시 물었다.

"싫어요? 난, 좋은데."

한승호는 여전히 멀뚱하게 발밑에 쌓이는 눈만 바라보고 있었다. 김은주는 어쩐지 창피했다. 쏟아지는 함박눈이 아니었다면 벌써 도망쳤을 것이다. 지금이라도 자리를 떠야 하나? 고민할 때였다. 한승호가 말했다. 좋아요, 나도. 그의 대답은 노래처럼 들렸다. 그의 목소리를 녹음해서 끝없이 들어도 지겹지 않을 것 같았다. 김은주가 팔짝거리며 환호성을 질렀다. 그러고는 마음을 받아줘서 고마워요, 라고 정중하게 인사했다. 그날 밤, 두 사람은 손을 맞잡고 거리를 쏘다녔다. 구청 뒷길과 네모 뒤편의 아파트 단지까지 구석구석 쌓인 눈 위에 두 사람의 발자국을 꼼꼼하게 남겼다. 자정이 다되도록 추운 줄도 모르고 함께 걸어 다니던 두 사람은 기숙사 통금시간이 임박해서야 서둘러 네모로 돌아갔다. 홍 주임은 그때까지 깨어 있다가 기분이 어떠냐고 물었다.

"영화 속 주인공이 된 것 같았어요. 옛날부터 만나던 친구처럼 아무 말이나 해도 막 통하는 거 있죠."

"인연인가 보다."

홍 주임은 진심으로 김은주를 축하했다.

그날 잠들기 전 김은주는 데미안의 문구를 떠올렸다.

'새는 알에서 깨어나야 한다. 알은 새의 세계다. 태어나려고 하는 자는 하나의 세계를 파괴하지 않으면 안 된다.'

완전히 이해할 수는 없었지만 김은주는 자신이 깨어나는 중이라고 생각했다. 알을 깨고 세상을 향해 날개를 펴는 중이라고. 그런데 파괴는 뭘까? 아무리 생각해도 알 수 없었지만 그건 모르는 세계니까, 하며 잠이 들었다.

*

네모 기숙사에는 미혼만 기거할 수 있는 규칙이 있었다. 그 외에도 세목으로 자잘한 규칙들이 있었는데 직원들은 돌아가면서 오후 7시에는 용산 본당에 있는 교회로 가서 성경공부를 하게 돼 있었다. 수요일이나 금요일을 선택할 수 있었고 주일예배는 모든 교인이 참석해야 했다. 두 사람은 시간을 맞춰 함께 공부하고 함께 예배를 드렸다. 사귄지 6개월이 지났을 때 한승호가 함께 생활하는 게 어떠냐고 물었다. 김은주는 그의 공인회계사 공부에 방해가 되지 않을까 걱정했지만 한승호는 그래야 마음이 놓일 것 같다고 했다. 두 사람은 일 년만에 결혼했다. 그들은 결혼하면서 네모를 떠나 옥수동에 있는 낡은 빌라를 얻어 신혼살림을 차렸다. 바쁘고 빠듯한 생활이 시작되었다. 은행원이 된 한승호는 일과 공인회계사 시험을 병행했고 삼 년 뒤에 공인회계사 시험에 합격했다. 김은주는 그 사이에 두 아이를 낳았다. 큰아이는 한우주 둘째는 한영준. 두 아이의 성격이 사뭇 달랐다. 한우주는 딸인데도 예민하지 않아서 키우기가 수월했다. 가끔 사내아이처럼 기다란 막대를 들고서 칼싸움을 하자고 남동생에게 달려들더니 지금은 태권도장을 운영 중이다. 반대로 한영준은 누나를 피해 방문을 잠가놓고 책 읽기를 좋아했다. 두려움이 많은 줄 알았던 한영준은 어느새 의사가 되어 응급실에서 근무 중이다. 김은주가 아이만 키운 건 아니었다. 한우주와 한영준을 유치원에 보내놓고 그 시간에 구원석의 자잘한 심부름을 했다. 그때부터 시작이었다. 아이들이 초등학교에 들어갈 때부터 그녀는 구원석의 개인 비서 역할을 도맡아 했다.

네모 쇼핑센터는 재건축에 들어갔다. 구원석은 워낙 낡은 건물인 네모를 허물고 그곳에 백화점을 세울 계획이었다. 몇 해 전부터 공들인 끝에 드디어 지난해에 재건축 인허가를 얻어냈다. 건물은 이미 철거됐다. 김은주가 좋아하던 뒷마당과 식당이 있던 자리와 구청 뒷길도 사라졌다. 계획은 구원석 세웠으나 실세는 네모를 관리했던 홍 이사와 김 이사 두 사람이다. 그들은 삼십 년이 흘러 총괄본부장과 모모 유통의 이사직을 수행하느라 정신없이 바빴지만 네모에 대해서는 적극적인 의견을 제시했다. 이사진 회의가 끝나면 김은주는 그들에게 다가가 언제 한번 만나 식사라도 하자며 인사하곤 했다. 그러면 그들은 알겠다고 손을 흔들며 서둘러 돌아섰다. 두 사람의 뒷모습은 비교적 꼿꼿하고 안정적이지만 어딘지 모르게 늙은 표가 났다. 자세히 보면 살짝 휜 무릎, 처진 볼살, 굽은 등에 세월의 흔적이 붙어있다. 김은주와 한승호는 곧 우리도 저럴 거라고 서로를 다독이며 틈이 날 때마다 휘트니스 센터에 다녔다. 그렇지만 한승호는 운동할 시간이 부족했다. 구원석의 회계팀을 관리하는데 일이 너무 많아서 잠잘 시간도 부족하다고 했다. 아이들이 독립하자 김은주와 한승호는 거처를 옮겨 구원석의 집에서 생활했다. 진짜 식구가 되어 구원석을 섬기고 있다. 그는 두 사람의 성실함을 높이 사 대가를 넘치도록 챙겨주었다. 몇 해 전에는 시골에 별장을 짓는 게 어떻겠냐고 물었다. 과수원이 딸린 별장에서 여름휴가를 보내고 싶다고 했다. 별장은 그렇게 지어졌다. 김한기가 농사짓던 땅과 주변의 밭을 매입해 과수원을 조성하고, 옆집을 매입해 담장을 허물고 별장을 지었다. 별장을 지을 때 김한기가 고집해 옛집은 그대로 두고 리모델링만 했다.

김한기의 핸드폰에서 이장의 전화번호를 찾은 김은주는 통화 버튼을 누르고 한참을 기다렸다.

"아이고, 형님. 오랜만이네요? 허,허,허."

이장은 대뜸 인사부터 했다. 딸이라고 하자 그가 어투를 바꿔 반색하더니 어쩐 일이냐고 물었다.

"아버지를 당분간 서울로 모셔가려고요. 그런데, 이장님. 아버지가 과수원을 걱정해서요. 혹시 대신 맡아줄 수 있을까요?"

"허허허, 요사이 형님 얼굴이 안 보인다 싶었는데 많이 편찮으신가? 허허허. 암튼 걱정 말어. 나가 아무리 바빠도 형님 일은 맡아야제. 허허허."

김한기는 이장만한 사람이 드물다고 칭찬했지만 김은주의 생각은 달랐다. 이장은 손익계산이 빠른 사람인 듯했다. 전지와 퇴비가 끝난 감 과수원은 여름 동안 병충해 방지만 신경 쓰면 과수가 저절로 영글 것이다. 가을에 장사꾼에게 넘기면 적어도 천만 원은 족히 남을 터이니 이장으로서는 손해날 일이 없는 장사였다. 통화를 마치고 이번에는 한영준을 호출했다. 전화를 받은 한영준은 근무 중이라며 목소리를 낮추더니 뉴스에서 하나님 아버지를 봤다고 했다. 시간이 지나면 곧 잠잠해질 거다. 누가 찾아와도 넌 아무것도 모른다고 하면 돼. 우주에게도 그렇게 전해다오. 영준아, 걱정하지 말고, 잘 지내. 통화를 마치고 김은주는 창밖을 내다보았다. 조금씩 사물의 형체가 드러나고 있다. 안개는 한두 시간 머물다가 기류가 바뀌면서 순식간에 걷힐 것이다. 다급해진 김은주는 곤히 자고 있는 구원석을 깨워 차로 모셨다.

온종일 국도를 돌아 주여산에 도착했다. 도로가 이어진 초입을 찾지 못해서 헤매다가 가까스로 칠이 벗겨진 J 요양원 표지판을 발견했다. 김은주는 표지판을 끼고 돌아 흙길을 올랐다. 삼십 도쯤 돼 보이는 가파른 경사를 오르다가 산허리에 접어들었지만 어디에도 목적지가 보이지 않았다. 홍 이사는 십 분이면 목적지가 나온다고 했다. 이십 분이 족히 넘어섰다. 아무래도 도로를 잘 못 든 것 같았다. 다시 불안증이 일었다. 구원석이 언제 다시 깨어나 귀찮게 할지 모른다. 그는 깨어날 때마다 어디로 가느냐고 묻고는 캐리어를 찾았다. 김은주는 손등에 힘줄이 설 정도로 운전대를 단단히 붙들고서 룸미러로 힐끔 구원석을 살폈다. 그는 뒷좌석 목 받침대에 머리를 기대고 입을 벌린 채로 잠들어 있다. 종일 채근해서 한승호가 챙겨준 약을 물에 타 먹였더니 잠들었다 깨었다를 반복했다.

내려가야 하나? 올라오는 동안 후진할 만한 공터는 없었다. 전진하다가 자그마한 공간이라도 나오면 그곳에서 돌려야겠다고 생각했지만 울창한 침엽수림이 이어졌다. 숲길은 미로처럼 구불구불하다. 커브를 돌 때마다 불쑥 멧돼지가 나타나 차를 들이박는 건 아닌지 으스스하다. 불현듯 애초에 목적지가 이 산 어딘가에 있기는 한지 의심이 든다. 의심은 의혹을 낳는다. 김은주는 홍 이사도 한승호도 이상한 점은 없었는지 짚어본다. 홍 이사가 일부러 이상한 길을 알려준 건 아닌지, 한승호가 항아리에 보관한 물건은 무엇인지, 저 늙고 병든 환자를 내게 떠맡긴 건 아닌지. 아닐 거야. 김은주는 그럴 리가 없다고 자신의 불신을 탓하지만 어둠처럼 깊어진 의혹은 쉽사리 가라앉지 않는다. 즐거운 때를 떠올렸다. 햇살 가득한 마당, 걸을 때마다 자그락자르락 자갈이 내는 경쾌한 소리, 보드라운 무명 풀들을 쓸어내릴 때 나던 상큼한 향기. 하지만 햇살 가득한 마당도 자갈 소리도 풀 향기도 숲속의 어둠을 누르지 못한다. 숲은 포식자의 아가리처럼 점차 깊어지고 있다. 어디서부터 잘못되었을까. 네모든 유통이든 식구들에게 사건 사고는 수시로 일어났다. 구원석은 때마다 맞닥뜨린 문제에 대해 냉철하게 분석했고 어느 정도 시간이 지나면 해결책을 찾아냈다. 문제의 대상은 항상 힘 있는 사람들이었다. 그들이 누구든 구원석은 식구에게 위협적인 일들은 걸림돌이 되지 않게 치워버렸다. 식구들 중에는 다방면에 소질이 있는 사람들이 많다. 병에 걸리면 전문의가 나서 치료법을 제시했고, 송사가 있으면 변호사가 나섰다. 경찰도 검사도 손을 뻗으면 필요한 곳에 나타나 적절한 해결책을 제시했다. 안 되는 것은 탄생과 죽음뿐이었다. 그것만은 구원석도 해결하지 못했으나 언젠가는 그 또한 해결하지 않을까, 믿고 싶을 만큼 능력이 뛰어났다. 그뿐 아니라 구원석은 식구들에게 누구보다도 헌신적이었다. 모든 네모 복음회 자식들에게 먹고 입히기 위해 일자리를 만들었고, 수익이 발생하면 고루 분배했다. 구원석의 능력에 문제가 생긴 것은 최근이었다. 체력이 떨어지고 당뇨와 심근경색이 악화되어 자주 병원 신세를 졌다. 집을 나설 때마다 구원석은 한숨을 길게 내쉬며 '이것 또한 지나가리라.' 는 성경 구절을 읊조리곤 했다. 이제 김은주는 이 또한 지나가는 게 맞나, 생각한다.

배가 침몰했고 많은 사람들이 구조되지 못했다. 구원석의 이름이 검색어에 오르고 관련된 루머가 뉴스로 SNS로 급격히 확산됐다. 일본에서 폐기된 선박을 사서 불법 증축했다는 소문과 항로 중간지점에서 누군가 탑승했는데 그 사람이 국가의 기밀을 담당하는 사람이라더라, 하는 소문이 난무했다. 삼일 동안이나 물 위에 떠서 고래의 꼬리 모양으로 잠기던 그 장면을 전 국민이 지켜보았다. 사고의 원인을 제공한 선박주에 대한 조사를 피할 도리는 없어 보였다. 이번에 그는 냉철한 사고나 분석 대신 피신하기에 급급했다. 몇 번이나 거처를 옮겨야 했으며 그것은 첩보작전처럼 진행되었다. 잠잠했던 봄날의 바다 위 사고는 구원석을 침몰시키기 위해 달려드는 쓰나미 같았다.

그럼에도 김은주는 구원석을 위해 목적지를 찾아야 한다. 비바람이 잦아들 때까지 머물 은신처가 필요하다. 그곳에서 출구를 찾아야 한다. 냉철했던 구원석이 뒷좌석에서 철없는 노인처럼 보챌 때마다 가엽기도 하고 짜증도 난다. 한 번도 보지 못한 어리광이다. 김한기를 땅에 묻지 못하고 대나무 속 토굴에 모신 것도 구원석을 위해서였다. 김은주는 이 또한 주님의 뜻이라고 믿으며 구원석을 반드시 지키라는 홍 이사의 당부를 되새긴다. 하지만 그녀의 당부는 잔가지가 차에 스칠 때마다 움찔움찔 흔들린다. 점차 커지는 불안만이 불안을 지탱할 뿐이다.

*

갈림길이 나타났다. 길은 Y자 모양이다. 차를 돌리기에는 길이 너무 비좁다. 앞으로 가는 수밖에 없다. 어느 쪽으로 가야 할까. 왼쪽 길은 시멘트가 깔려 있지만 우거진 나무들 때문에 차가 지나가기 어려워 보인다. 오른쪽은 조금 더 폭이 넓지만 거친 돌로 뒤덮인 비포장도로다. 양쪽 다 입구만 보여서 그 너머에 무엇이 있는지 알 수가 없다. 어느 쪽으로 갈지 망설이던 김은주는 핸드 브레이크 앞 홀더에 있는 핸드폰을 켰다. 폰은 신호를 잡을 수 없다고 한다. 폰을 다시 내려놓고 상향등에 의지해 길을 살피던 중에 갈림길 한가운데로 기울어진 팻말을 발견했다. 팻말은 페인트가 다 벗겨져 안내문을 읽을 수는 없었지만 화살표의 흔적은 비교적 선명하게 남아 있었다. 화살표가 가리키는 방향은 오른쪽이었다. 김은주는 그것이 J 요양원을 가리킬 거라고 생각했다. 깊은 산중에 요양원 말고 또 무슨 시설이 있겠는가. 목적지를 찾은 듯 김은주는 과감하게 오른쪽으로 핸들을 돌렸다.

차가 출렁거렸다. 오른쪽은 낙석으로 만들어진 돌길이었다.

돌은 주먹 크기나 벽돌 크기를 넘어서 책상만한 돌도 깔려 있었다. 덜컹거림이 심해서 후진할 수도 없다. 잠시 멈춰선 김은주는 상향등에 의지해 주변을 살폈다. 왼쪽은 석벽이었는데 흘러내리다 멈춘 듯 위태로운 바위들이 금방이라도 떨어질 것처럼 아슬아슬하게 서 있었다. 앞길은 좌측으로 완만한 곡선을 그리고 있다. 상향등에 설핏 까마득한 절벽이 보인다. 김은주는 브레이크에 발을 올려놓고 운전대에 바짝 몸을 붙이고 조금씩 나아갔다. 운전대를 잡은 손에 땀이 찼다. 살짝 움직인다는 게 차가 오른쪽으로 돌았다. 절벽을 향해 몸을 뻗은 고목들이 듬성듬성 서 있었다. 오소소 소름이 돋아났다. 태초에 어둠이 있었다면 이곳이지 않을까 싶을 정도로 캄캄한 밤이었다. 섬뜩한 기운에 김은주는 조금 전까지 깨지 않기를 바랐던 구원석을 불렀다.

"아버지!"

대답이 없다. 종일 노루잠이더니 정작 필요할 때는 목받이에 머리를 기대고 코까지 골며 잠에 빠져있다. 김은주는 구원석을 다시 깨우려다가 그만두었다. 그러고는 혼잣말로 중얼거렸다. 이곳에 J 요양원이 있기는 할까. 막막함에 김은주는 핸들에 얼굴을 묻었다가 구원석을 다시 불렀다.

"회장님!"

깊이 잠들어도 회장님 소리에 번쩍 눈을 뜨던 구원석이 어쩐지 조용했다. 룸미러로 뒤를 살폈다. 순간 뒷목이 오싹했다. 목받이에 기대어 자고 있던 구원석이 사라졌다. 김은주는 완전히 상체를 비틀어 회장님을 불렀다. 그는 다행히 시트에 누워있다. 김은주가 안도하며 앞으로 몸을 돌린 순간, 차가 발작하듯 위아래로 흔들리더니 쿵 소리와 함께 절벽을 향해 기울었다. 김은주는 운전대를 부여잡고 브레이크를 밟으며 눈을 감고 다음 순간을 기다렸다. 차체가 격렬하게 흔들리더니 이내 균형을 잡았다. 조심스럽게 눈을 떴다. 상향등 불빛은 이번에도 까마득한 절벽을 비추고 있었다. 그녀는 호흡을 멈추고 조심스럽게 운전석 문을 열었다. 차가 살짝 아래로 기우는 것 같았지만 크게 흔들리지는 않았다. 문고리를 붙잡고 살그머니 닫았는데도 그대로인 걸 보면 길 가장자리에 튀어나온 뭔가에 차체가 걸린 것 같았다. 아직도 자고 있는지 구원석은 조용했다. 김은주는 차 뒷부분으로 가 조심스럽게 트렁크를 열어 캐리어를 꺼냈다. 그때였다. 언제 일어났는지 구원석이 창문을 열고 고개를 내밀었다.

"어디로 가는 거냐?"

김은주가 순간 당황하여 머뭇거릴 때 구원석이 다시 물었다.

"캐리어는, 내 가방은 잘 있지?"

그 순간이었다. 김은주는 무엇 때문인지 불쑥 화가 치밀었다. 지금의 상황이 다 아버지 때문인 것 같아서 어깃장을 놓고 싶었다.

"캐리어는 없어요. 본 적도 없다고요!"

"뭐라고?"

놀란 구원석이 차문을 벌컥 밀고 나왔다. 동시에 차체가 끼익, 하고 기울었다. 그 순간 뭔가에 뒷통수를 가격당한 김은주는 정신을 잃고 바닥으로 쓰러졌고 이내 정신을 잃었다. 얼마쯤 지났을까, 얼음장 같은 추위가 꿈속처럼 등을 타고 올라왔다.

퍼뜩 정신이 든 김은주가 눈을 떴다. 눈을 떴으나 사방이 어둠이었다. 어디선가 수선스러운 인기척이 일었다. 아버지? 아버지! 김은주가 아버지를 불렀으나 입만 벙긋거릴 뿐 소리가 나오지 않았다. 통증이 전신을 타고 흘러내렸다. 바닥에서 찬 기운이 올라왔고 통증에 몸이 오들오들 떨렸지만 김은주는 계속해서 아버지를 불렀다. 부르는 소리에 응답은 없었다. 분명히 차에서 내렸는데 어디로 갔을까? 누운 채로 바닥을 더듬거렸지만 아무것도 잡히지 않았다. 잠시 어둠을 응시하던 그녀는 불현듯 누군가 아버지를 데려갔을지도 모른다는 생각이 들었다. 만약 그랬다면? 김은주는 그제야 자신이 버려졌다는 사실을 깨달았다. 몸은 점차 굳어가고 있었다. 어떻게든 움직여야 한다. 김은주는 상체를 일으켰다. 뒷목에서 통증이 시작되어 전신을 훑었다. 산을 내려가야 한다. 비명을 지르면서도 김은주는 이를 악물고 다리를 한 발씩 밀어 내렸다. 한 발, 한

발, 아래로 내려가는 동안에 그녀는 살아있었다. 그녀가 도저히 움직이지 못하고 돌 위로 누웠을 때 기다리고 있던 석벽이 그녀의 호흡마저 삼켜버렸다. 이제 석벽에는 깊은 침묵과 고요와 정막이 흐를 뿐이었다.

봄날의 바다

이른 아침의 학원은 마치 다른 공간에 들어선 것처럼 낯설다. 은영은 원장실로 들어가 불을 켜고 컴퓨터 전원을 눌렀다. 화면이 켜지고 윈도우가 활성화되자 저장한 폴더들이 나타났다. 그제야 자신의 공간에 들어선 것 같아 안도한 은영은 탕비실로 가 일회용 컵에 믹스커피 두 봉지를 넣고 온수를 부었다. 그러고는 책상에 앉아 커피를 홀짝이며 일과표를 확인했다. 이주 동안 시험 주간이었다. 서둘러야 했다. 작년에 비해 학교가 너무 많아서 시험 범위, 출제 성향, 난이도를 미리 살펴 시험 대비를 철저히 해야 한다. 중등부나 고등부는 은영이 혼자서 도맡았다. 나이가 든 건지 점차 강사를 구하는 일도 그들의 눈치를 살피는 것도 버거웠다. 은영은 이제 어지간해서는 선생들에게 수업 외 업무를 주지 않으려고 한다. 업무처리를 혼자서 감당하다 보면 지칠 때도 있지만 그 또한 감사한 일이라

여기며 만족하려고 노력한다.

복사기 롤러 돌아가는 소리가 요란하다. 은영은 출력물 용지를 살핀다. 또 고장이다. 주말에는 세로줄이 출력되더니 이번에는 하단에 가로선이 그어져 있다. 은영은 인상을 찌푸리며 영업 사원에게 출력 용지 상태를 적은 메시지를 남긴다. 이번에 오면 복사기를 바꿔 달라고 할 셈이다. 낡아서 그런지 고장이 잦다고 불평하면 영업 사원은 온순한 얼굴로 조금만 기다려 달라고 한다. 이번에는 새 복사기로 바꿔 주세요. 벌써 몇 번째냐고요. 은영은 혼잣말로 중얼거린다. 막상 영업 사원의 얼굴을 보면 바꿔 달라는 말이 나오지 않는다. 출력물을 자판 왼쪽에 두고 책상에 앉아 마우스를 클릭해 시험지 폼을 연다. 이제부터 전년도 시험지를 한글 문서로 작업할 타임이다. 시험 때만 되면 은영은 최대한 타이핑을 미룬다. 젊은 선생들은 무조건 백점닷컴에서 시험지를 출력한다. 그녀도 가끔은 백점닷컴에서 다운받을까 고민도 하지만 전년도 시험지만큼 아이들에게 유용한 족보는 없다. 편리함을 따를 수도 있으나 이번에도 은영은 자신만의 스타일을 고집한다. 인근 고등학교 수학 선생들은 자신만의 스타일로 문제를 내는 경향이 강하다. 주로 젊고 혈기왕성한 선생들이 그렇다. 그들의 트랜드를 놓치지 않기 위해 그녀는 B 출판사 연간검토단과 문제지 출제위원에 참여하고 있다. 수학에 열심인 학생들은 밤 12시가 넘어도 톡으로 문제를 올린다. 대부분 학교 선생님이 내주는 고난도 문제여서 쉽게 풀지 못하거나 한 번 더 비튼 문제들이다. 은영은 적어도 두 시간 이내에 답을 주려고 노력했다. 그러한 노력으로 은영은 인재 학원을 지키고 있다.

폼 상단에 학원명이 새겨져 있다. 번호를 매겨놓고 은영은 손가락을 털며 복식호흡을 한다. 손끝에 땀이 배기고 어깨가 굳는다. 수식 창을 열 때마다 긴장감을 피할 수는 없다. 수식 창 하단에 놓인 가로선 때문이다. 그녀는 하단에 놓인 가로선을 볼 때마다 그날의 바다를 떠올린다. 나른한 봄날이었다. 버스 차창 밖으로 푸른 바다가 보였고 저 멀리 수평선 근처에 돛단배가 떠 있었다. 어쩌면 물속으로 입수하는 고래의 꼬리였는지도 모른다. 바람 한 점 없이 화창한 날에 아버지가 사고를 당했다.

어제 일처럼 선연한 기억과 마주하고서야 은영은 타이핑을 시작했다. 창 하단에 철자와 숫자를 입력하고 상단에 뜬 수식들을 확인해 문제를 완성한다. 10번 문제를 작업할 때 톡이 울렸다.

답사 마쳤음. 오늘은 친구들과 바다를 구경하고 낼 올라감

준서였다. 은영은 준서가 유치원 때 생존 수영부터 시켰다. 그렇지만 워낙 어릴 때 시켰고 자유형만 배운터라 바다에 간

다고 하면 걱정부터 앞섰다.

수영할 거는 아니지? 구경만 하셔

메시지를 입력하던 중에 다시 톡이 들어왔다.

샘 학원에 폰 두고 왔어요 ㅠㅠ

강의실 확인 좀 해주세여

재일이었다. 은영은 재일이에게 답문을 보냈다.

지금 폰은 누구 거?

엄마 거임. 수련회 동안 게임하려고 했는데 개망함

엄마 걸로 하면 되지

너무 구려요 ㅠㅠ

은영은 복도 끝 강의실을 살폈다. 재일이가 전날 수업 받았던 강의실에는 폰이 없었다. 다른 강의실에도 폰은 보이지 않았다. 재일이가 상심할 것 같아 연락을 미루고 작업을 이어갔다.

*

지난밤 은영은 식탁에 놓인 메모지를 발견했다. 민혁이 남긴 거였다. 여행을 다녀오겠다는 한 문장을 남겨놓고 연락도 받지 않았다. 언제 돌아오겠다거나 미안하다거나 이해를 바란다는 말 따위는 없었다. 여행이 아니라 숫제 가출이나 마찬가지였다. 은영은 방마다 문을 열어 빈방을 확인했다. 준서도 친구들과 함께 답사를 떠난다고 했다. 어디로 간다고 했는데 기억이 나지 않았다. 은영은 혼자 식탁에 앉아 빵과 주스로 식사를 때우고 학원에서 가져온 일일 테스트 채점을 했다. 그러고 나니 새벽 두 시가 넘어섰다. 다시 한 번 민혁에게 전화를 걸었지만 이번에는 전원이 꺼져있다는 안내음이 들려왔다. 또야, 또? 핸드폰에 대고 버럭 소리를 질렀지만 끓어오른 속은 좀처럼 진정되지 않았다. 침대에 널브러지듯 누워 몸을 뒤척였다. 피곤한데 잠이 오지 않았다. 일어나 거실을 서성대던 은영은 문득 이사하자던 민혁의 말을 떠올렸다.

두 달 전에 민혁은 회사를 그만두고 서재에서 칩거했다. 그곳에서 무얼 하는지 문까지 걸어 잠그고 두문불출하다가 식사 때나 담배를 피울 때 겨우 방문을 열었다. 출근하기 전, 은영은 빵을 굽고 주스를 만들어 식탁에 올리고 민혁을 불렀다. 불러도 반응이 없으면 빵에 랩을 씌워놓고 출근했다가 자정 무렵 퇴근해서 보면 식탁이 말끔하게 치워져 있었다. 그와 얼굴을 마주할 일이 별로 없었다. 하루는 웬일로 선선히 방에서 나온 민혁이 덥수룩하게 기른 수염을 두 손으로 쓸어내리며 대뜸 이사를 가자고 했다.

은영은 못 들은 척 주스를 한입에 털어 넣고 개수대로 가 설거지를 했다. 생각해 보니 은근히 화가 치밀었다. 은영이 민혁을 향해 쏘아 부쳤다.

"뭐라고 했어?"

이번에는 민혁이 못들은 척 식빵을 잘게 찢어 입에 넣고는 주절주절 꿈 이야기를 했다.

"집으로 가는 길이었어. 밭갈이를 끝낸 정돈된 밭에 쪽파가 가지런히 열을 맞춰 심어져 있었어. 파랗고 싱싱한 파가 예뻐서 가까이서 살폈는데 이상하게도 쪽파가 전부 절반으로 꺾인 상태로 땅에 묻힌 거야. 저러면 죽을 텐데, 걱정이 됐어. 그때 옆에 있던 아주머니가 괜찮다고 했어. 그러면서 심다 남은 파를 나에게 한 웅큼 주면서 그냥 가래. 뭔가 이상했지만 괜찮다는 말에 나는 집으로 갔어. 마당 가장자리에 쪽파를 심으려고 호미를 찾다가 불현듯 깨달았어. 다시 심어야 한다고, 후회하는 순간에 잠에서 깼어."

민혁은 꿈을 이야기하면서도 현실처럼 감정이입을 했다. 평상시 같으면 그래 민혁이 원래 그렇지 뭐, 하며 넘어갔는데 그날은 신학기였고 일이 많아서 은영이 좀 민감하게 굴었다.

"그래서? 당신은 맨날 한가하게 꿈 이야기지?"

저도 모르게 짜증을 낸 은영은 내친김에 회사 이야기를 꺼냈다.

"이유가 뭐야?"

"무슨 이유?"

"당연히 회사 그만둔 이유지."

"해킹이라니까."

"몇 달 전에 인터넷 뱅킹 먹통 된 거?"

회사 이야기는 꺼내기도 전에 그는 입을 다물고 고개를 돌렸다. 그때 그만 다그쳐야 했다. 고개를 돌리면 말을 않겠다는 신호라는 걸 알면서도 은영은 기어코 한마디 더 했다.

"누명 쓴 거라며? 그럼 괜찮은 거 아냐?"

표정이 없어진 민혁은 주머니에서 담배를 꺼내더니 밖으로 나가버렸다.

은영이 알고 있는 퇴사 이유는 이랬다. 민혁이 맡은 거래처 관리 프로그램이 잘못됐다고 했다. 자신이 실수한 거라며, 그 여파로 재정 상태가 나빠진 것 같아 사직한 거라고. 은영은 믿을 수가 없었다. 실수라니, 민혁은 감정적이긴 했지만 실수는 안 하는 편이었다. 어떤 일이 있었던 건지 답답했던 은영은 민혁의 친한 동료에게 전화를 걸어 단도직입적으로 물었다. 민혁이 문제를 일으켰나요? 글쎄요, 관련이 있기는 해요. 그 친구가 프로그램을 설계했거든요. 그게, 무슨 말이에요? 민혁씨에게 책임이 있다고요? 아니요. 아니죠, 프로그램이 완성되면 윗선에서 확인하고 납품하고 그러니까, 전적으로 그 친구 책임은 아닌데. 그냥 그렇다고요. 민혁의 동료는 변명처럼 횡설수설하더니 전화를 끊었다. 은영은 그제야 민혁이 저러고 있는 까닭을 이해했다. 자신의 책임이 아니라 해도 담당자였으면 그의 성격상 자유롭지 못할 터였다. 그렇다고 예전에 그랬던 것처럼 이사를 하고 터전을 다시 잡을 수는 없었다. 재취업하기에는 나이가 너무 많았다.

도시의 북쪽 지역에 정전이 발생한 날, 은영은 학원 컴퓨터로 임대료를 이체시키기 위해 인터넷 뱅킹을 시도했다. 오류 메시지가 떴지만 가끔씩 있는 일이라 다시 아이디와 비밀번호를 입력했다. 연달아 오류 메시지가 떴다. 웹에 들어가 보니 전산망 마비가 검색 순위 일 위였다. 전산망이 마비되었다면 은행에 가도 방법은 없을 터였다. 임대료는 나중에 내기로 하고 수업에 들어갔다. 그날 민혁은 그 시간에 무엇을 하고 있었을까? 아마도 프로그램을 짜거나 그에 관한 회의를 하거나 자판기 커피를 마시던 중이었을 것이다. 은영은 그날 민혁과 톡이나 통화를 했는지 어떤 대화를 나누었는지 회상해 보았으나 은행 일을 못 본 것 밖에 떠오르지 않았다. 핸드폰 통화 내역이나 톡을 살펴도 그 날짜에는 아무 기록이 없었다. 혹시 어떤 징후가 있었는지 생각했다. 평온하다고 느끼거나 아무런 불안도 없이 무방비 상태로 있던 날, 사고는 그렇게 예견치 못한 날, 불시에 일었던 사실을 문득 깨달은 은영은 갑자기 불안했다. 또다시 전화를 걸었다. 이번에도 전화기는 꺼져있었다. 그러자 불안보다 가슴 깊은 곳에 눌러두었던 배신감이 훅 올라왔다.

한동안 잠잠하다 싶었는데…… 그냥 불쑥, 메모지 하나 남기고 집을 나가버리면 끝이야? 이혼을 해? 아님 학원을 그만둘까? 위기다 싶으면 정신을 차리려나? 그러다가 이내 제풀에 꺾여 어깨를 축 늘어뜨렸다. 준서에게는 아버지의 빈자리를 남기고 싶지 않았다. 어려운 일에 봉착할 때마다 어디론가 숨어버리는 민혁과 몇 번이나 갈라서고 싶었으나 준서를 위해서 참아왔다. 이번에는 또 얼마나 기다려야 하나? 나이가 들어서도 일방적인 가출을 하는 민혁을 더 이상 참아야 하는지, 생각하다 보니 지겹고 허무했다. 그러다 문득 이사하자던 민혁의 말이 생각났다. 이유라도 물어볼 걸, 옛날처럼 덜컥 다른 곳에서 자리를 잡고서 주말부부를 하자는 건 아닌지. 생각만 해도 소름이 돋아 잠시 긍정 회로를 돌렸다. 그냥 바람 좀 쐬고 왔어, 미안해, 하며 아무 일 없다는 듯 오늘이라도 돌아온다면 어떻게 할까? 웃으며 반길까, 그냥 모른 척 넘어가야 하나. 그러면 민혁은 어떤 반응을 보이려나? 은영은 아무것도 예상할 수가 없어 답답했다. 베란다로 가 창문을 열고 바깥을 내다보았다. 주차장 구석진 곳이나 화단 한쪽을 서성대며 담배를 피우고 있지 않을까 생각하며 이곳저곳을 살폈다. 그러다가 화단 구석진 곳에서 흐릿한 그림자를 발견했다. 민혁일까 했는데 윗층 아저씨였다. 꼴초인 그는 자주 안방 화장실에서 피웠는데 엘리베이터에 금연 문구가 붙은 뒤부터 밤중에도 밖으로 나가 담배를 피웠다. 그의 옆에는 가로등 불빛에 붉은 철쭉이 활짝 피어 있었다. 날마다 지하 주차장으로 내려가서 꽃이 피는지도 몰랐던 은영은 탄식하듯 웅얼거렸다. 아, 봄이었구나. 그러고는 오래전 봄날의 바다를 떠올렸다.

*

은영의 아버지는 어부였다. 밤낮을 가리지 않고 물때에 맞춰 바다로 나간 아버지는 물고기를 잡아 읍내 시장에 내다 팔았다. 도매로 넘기면 헐값이어서 한 푼이라도 더 받을 요량으로 시장 초입 정육점 귀퉁이에서 대야를 벌려놓고 앉아있었다. 두세 시간 동안 손님을 기다렸다가 남으면 주변 상인에게 헐값에 넘기기도 했다. 그러고는 고등어를 한 짝 사고 남은 돈은 많든 적든 수협에 저축했다. 오후 서너 시쯤 집에 돌아온 아버지는 조각낸 고등어를 통발에 넣고 다시 바다로 갔다. 통발에는 꽃게, 조기, 낙지 등이 주로 잡혔다. 계절별로 갯장어와 문어가 다라이 가득 잡히는 날도 있었는데 그날은 된장국에 푸성귀만 올라오던 밥상에 고기가 올라왔다. 구운 돼지고기에 소주를 한잔 기울인 아버지는 어머니 몰래 은영의 손에 용돈을 쥐여주기도 했다. 용돈이 생긴 은영은 친구들처럼 터미널 뒤편에 있는 튀김집을 기웃거리기도 했지만 슬며시 가게 앞에서 그냥 돌아서곤 했다. 은영은 용돈을 아껴 문제집을 사서 풀었다.

아버지는 휴일이 따로 없었다. 비나 눈이 와도 바다에 나갔지만 태풍이 일거나 한파가 몰아치면 그런 날에는 강제로 쉬어야 했다. 그마저도 온전히 쉬지 못했다. 바람이 거세지기 전에 선창으로 달려가 배를 뭍에 올려 밧줄로 단단히 동여맸고, 비가 쏟아지면 밭으로 달려가 배수로를 정비했다. 그러고도 집에 와서는 날아갈 물건이 없는지 우물가로 뒤뜰로 창고로 다니며 곳곳을 살폈다. 그럼에도 바람이 거세 대문이 부서지고 창고 지붕을 덮은 슬레이트가 날아가는 일들이 일어났다. 그럴 때는 태풍의 기세가 꺾이길 기다리느라 아랫목에 누워 라디오를 크게 틀어 놓았다. 잠깐 노루잠에 든 아버지는 시간마다 일어나 밖으로 나가 하늘을 쳐다보며 구름의 동향을 살폈다. 거센 태풍이나 한파가 제아무리 드세도 사나흘이면 그 기세가 꺾였다. 그러면 활기를 되찾은 아버지는 다시 바다로 나갔다.

그날도 그런 날들 중 하루였다. 전날 문제집을 푸느라 늦게 잔 은영은 4교시가 되자 졸음이 몰려와 몽롱한 상태로 창밖을 바라보았다. 농민 봉기에 대해 설명하는 선생님의 목소리가 점차 멀어지고 있었다. 눈꺼풀을 치떴으나 허사여서 초록 벌판이 번지고 아득한 아지랑이가 피어올랐다. 귓가에는 농민, 봉기, 두 단어만 남아 웅웅 거렸다. 이내 소리들이 흩어지고 들판도 시야에서 사라졌을 때였다. 누군가 은영의 어깨를 톡톡 건드렸다. 놀란 은영이 고개를 돌려 주변을 살폈다. 짝꿍이 귓속말로 교감 선생님이 오셨다고 했다. 은영아, 교감 선생님이 부르셔. 이번에는 선생님이 손짓하며 은영을 불렀다. 퍼뜩 정신이 든 은영은 그제야 앞문에 서 계신 교감 선생님을 발견했다.

한낮에 가방을 싸서 교문을 나섰다. 터미널을 향한 길에는 차가 몇 대 지나갈 뿐 인적이 없었다. 뜨거운 햇볕에 정수리가 따가웠고 이마에 땀이 맺혔다. 손 그늘을 만들어 고개를 숙이고 걸었다. 발밑에 웅덩이처럼 고인 그림자를 밟으며 은영은 어쩐지 불량 학생이 된 것 같아 마음이 불안했다. 사고는 무슨, 그냥 좀 다친 거겠지. 아버지가 공부는 안 하고 뭐 하러 왔냐고 혼내지 않을까? 그런 생각을 하며 은영은 터미널로 들어섰다. 대합실도 버스도 한적했다. 버스에 오르자 차가 출발했다. 은영은 바다가 보이는 창가 중간쯤에 앉았다. 라디오에서 정오 뉴스가 흘러나왔다. 건설 현장에서 추락사고가 있었고 트럭이 인도를 침범해 인명피해가 발생했다는 소식이 들려올 때쯤 버스가 읍내 중앙 시장 입구에 정차했다. 은영이 선창가로 즐비하게 늘어놓고 건조중인 생선들을 바라보는 사이에 아주머니 두 사람이 버스 위로 올라와 앞자리를 차지했다. 이어 출발한 버스는 번화가인 홍국 약국 사거리에서 한 번 더 정차한 다음 빠르게 읍내를 벗어나 가파른 산길로 향했다. 이어 고개를 넘어선 버스는 곧바로 내리막길로 접어들었고 그곳부터는 리아스식 해변을 달리느라 곡예 운전이 시작됐다. 바다는 숨바꼭질하듯 숨었다가 나타나기를 반복했다. 나른함을 이기지 못한 은영은 머리를 창에 기대고 눈을 감았다. 버스가 깎아지른 절벽 등허리를 지나던 순간이었다. 부서질 듯 요란한 쇳소리를 내며 버스가 요동쳤다. 불현듯 정신이 든 은영은 다시 교감 선생님의 말씀을 떠올렸다. 아닐 거야. 저렇게 평온한데, 왜? 은영의 생각을 증명하듯 저 멀리 수평선 인근에 어선 한 척이 액자 속 그림처럼 떠 있었다. 그것은 햇살에 반짝여 마치 입수하는 범고래의 꼬리처럼 검게 빛나고 있었다. 차창으로 휙휙 수평선이 지나가고 산야가 스쳐간 지점에서 평야가 나타났다.

은영은 버스에서 내려 마을로 향하는 신작로를 홀로 걸어갔다. 직진으로 삼백 미터 쯤 걸어가 두 시 방향으로 난 흙길로 걸음을 옮겼다. 그곳에 서면 맞은편에 바다가 보였다. 방죽 너머로 찰방대는 물결이 따가운 햇살에 부서지고 들녘의 파릇한 보리가 미동도 없이 서 있는 한낮의 풍경이 이어졌다. 그래,

그럴 리가 없을 거야. 저렇게 평화로운데. 은영은 혼잣말로 중얼거리며 집으로 걸어갔다.

아버지는 안방 아랫목이 아닌 윗목에 누워 있었다. 굵은 눈썹, 감긴 눈, 오뚝하게 높은 코, 다문 입. 알몸으로 누워 사타구니만 수건으로 가리고 있는 아버지는 어딘지 모르게 낯설었다. 잠시 멍하니 아버지를 바라보던 은영은 낯설음의 정체를 발견했다. 표정이 사라졌다. 이제 아버지는 더 이상 어떤 표정도 짓지 않고 어딘지 모르게 엄숙한 표정으로 미동도 없이 누워만 있었다. 아침까지도 아버지가 은영을 오토바이로 태워 학교까지 데려다줬다.

"아버지, 왜 이래?"

은영이 중얼거리는데도 어머니는 대꾸도 없이 피묻은 수건으로 아버지의 왼쪽 다리를 붙들고서 연신 닦아내고 있었다. 잔뜩 부어오른 발목은 뱀이 똬리를 튼 것처럼 깊게 패어 있었다.

"만지지 마, 아버지 아프잖아!"

은영이 어머니의 어깨를 와락 붙들어 떼어냈다. 힘없이 아랫목으로 떨어져 나온 어머니는 이번에는 큰 소리로 통곡하기 시작했다.

"아이고, 아이고, 돌 닻을 빠뜨리다가 밧줄에 발이 감겨 물속으로 빠졌어야. 내가 구했어야 했는디, 아이고, 아이고. 얼른 건지기만 했어도 죽지는 않았을 건디.”

“형수 탓이 아니어라. 진정하시오.”

옆집 아저씨가 달래도 어머니의 곡소리는 끈질기게 이어졌다. 은영은 그 순간에 갑판에 놓였던 돌 닻을 떠올렸다. 수 없이 봤던 돌 닻이 그 순간 어떻게 생겼었는지 기억나지 않았다. 돌 닻의 무게는 상당해서 아버지가 아니면 들어 올리지 못했다. 밧줄에 발이 얽혔다면 아저씨의 말대로 어머니는 아버지를 구하지 못했을 것이다. 장례를 치루는 동안 내내 곡소리만 내던 어머니는 이후로 그날에 대해 함구했다. 실어증에 걸린 사람처럼 아무 말도 하려들지 않았는데 가끔 두어 마디 괜찮다, 괜찮을 거다, 라는 말만 되풀이했다.

그해 겨울에 은영은 대학 입학시험에 합격했다. 어부가 사라져 쓸모없어진 배와 집을 팔아 G 시로 이사했다. 신안동의 허름한 삼층집 옥탑에 세를 얻고, 아버지가 남긴 통장으로 대학 등록금을 해결했다. 그러고 나니 잔고가 바닥났다. 어머니는 집안을 쓸고 밥하고 빨래는 했으나 나머지 시간에는 넋을 놓고 멍하니 허공 어딘가를 응시하는 일이 잦았다. 그때부터 은영은 새벽이면 십 분 거리에 있는 아파트 단지에서 세차를 했고 밤에는 식당에서 서빙하며 학업을 병행했다.

*

고등부 시험지 편집을 마쳤을 때 핸드폰 진동이 울렸다. 미선이었다.

"지금은 일하는 중."

"동창회 참석하지? 숫자 파악 중이야."

"저번에도 말했는데, 주말에는 고등부 수업 때문에 시간이 안 돼."

미선은 마지막까지 미련이 남은 듯 어떻게 해 보라고 했다. 은영은 주말 고등부 수업을 뺄 수가 없다. 미선아. 어? 아니다. 뭘? 시간 조정 가능한지 알아보겠다고. 통화를 마친 은영은 참기를 잘했다고 스스로를 다독였다. 언젠가 미선에게 민혁의 흉을 봤다가 이혼하지 왜 그러고 사냐고 혼난 적이 있었다. 이번 일을 이야기하면 숫제 이혼하는 방법을 세세하게 알려줄지도 모른다. 미선은 삼십 대 후반에 이혼하고 혼자서 딸 하나를 키웠다. 바람을 피웠다고 했나? 기억이 흐릿하지만 이혼 과정은 기억에 남았다. 서류를 작성하고 법원에 간다. 거부하면 소송한다고 협박해라. 협박이 안 통하면 변호사를 찾아가라. 기억이 맞는지 그녀가 찾아본 건지 흐릿하다. 모든 기억이 흐릿하면 얼마나 좋을까. 민혁과 살면서 여러 번 이혼을 생각했다. 아마도 서류를 작성해 출력한 적도 있었을 것이다. 눌러 둔 생각이 슬며시 고개를 든다. 이참에 확 이혼해 버릴까? 그러지 뭐. 그럼 준서는? 다 컸잖아. 그러자 어김없이 아버지가 떠오르고 허기가 몰려온다. 은영은 일일이 서랍을 열어 간식을 찾았다. 맨 아래 서랍에 초코파이와 오레오 한 봉지가 들어있다. 오레오와 초코파이를 꺼내는데 검정 봉지가 딸려 나왔다. 봉지 속에 사진 한 장이 들어있다. 하나밖에 없는 민혁의 가족사진이었다.

초가집을 배경으로 마당 한가운데서 세 사람이 서 있다. 중앙에 시어머니, 왼쪽에 민혁, 오른쪽에는 시아주버니가 서서 시어머니의 양팔을 부축하고 있다. 아팠다던 시어머니는 사진 속에서도 병세가 완연해 보인다. 어딘지 모르게 주눅이 들어 보이는 교복 차림의 민혁은 어깨를 한껏 움츠렸고 고개는 수그리고 바닥을 보고 있다. 두 사람과 달리 군복을 입은 시아주버니만이 유독 어깨를 바로 세우고서 카메라를 향해 시선을 두고 있다. 은영이 기억하는 원본 사진의 모습이었다. 민혁이 찢어버린 사진을 은영이 이어붙였다. 이은 사진에는 지붕이 절반으로 나뉘어 시어머니와 아주버니가 오른쪽으로 살짝 기울었고 민혁이 왼쪽으로 떨어져 나간 모습이다.

오월 광주에 총성이 울리던 때였다. 민혁은 학동 자취집에서 빠져나와 바로 산으로 숨어들었다. 그러고는 불빛이라곤 없는 산중을 걸어서 홀로 집으로 찾아갔다. 덤불 속을 헤매다 깜빡 잠이 들어 가시넝쿨에 찔려가며 산짐승이 바스락대면 화들짝 놀라 수풀로 숨어가며 백아산을 넘었다고 했다. 민혁은 아직도 도망치는 꿈을 꾼다. 몇십 년 동안 꿈 이야기를 들은 은영은 제발 그만하라고 질색했지만 그는 여전히 불안을 말하려고 한다. 이제 그만. 은영은 서랍 맨 아래 유폐시키듯 사진을 넣고 서랍을 닫았다. 문은 닫혔지만 한번 점화된 기억은 불안을 숙주 삼아 제멋대로 날개를 폈다. 그가 파에 집착하는 이유가 생각났다. 아픈 어머니가 파를 다듬었다고 했다. 파김치를 담아 상을 차렸을 때 형이 찾아왔다고.

술에 취하면 민혁은 그날의 기억을 더듬어 웅얼거렸다. 말할 때마다 조금씩 달라지는 이야기에도 변함없는 건 불 꺼진 다락에 숨어 있던 민혁과 그의 친구 두 명이 맞닥뜨린 군인이 그의 형이었다는 사실이었다. 정신 차려! 형이 민혁의 빰을 때리며 반드시 밤중에 산을 넘어가라고 당부했다. 친구들은 그곳에 남았다고 했다. 민혁은 자주 한숨을 쉬며 읊조리듯 말했다. 나, 혼자 도망쳤어. 친구들도 데려왔어야 했는데.

사진은 은영이 시아주버니 장례식장에서 동거녀에게 유품으로 받은 것이었다. 민혁은 가족사진을 받더니 그대로 찢어서 쓰레기통에 버렸다. 그러고는 가출했다가 열흘 만에 돌아왔다. 민혁이 가출했다가 돌아올 때마다 은영은 그를 처음 만났던 때를 떠올렸다.

*

대학 새내기 때였다. 교양으로 철학의 기초이론을 신청했다가 민혁을 만났다. 그는 언제나 뒷자리에 혼자 앉아서 고개를 푹 숙이고 있었다. 은영은 그의 옆자리로 가서 수업을 들었다. 어느 날 민혁이 고개를 들어 은영을 바라보았다. 노교수가 철학의 기초이론을 수학에 빗대어 설명하던 중이었다. 미분은 현상을 보고 본질을 파악해 가는 것, 적분은 그 본질 속에서 새로운 현상을 만들어 가는 것. 철학적 해석으로 수학을 풀어내면 좀 더 흥미롭죠. 여러분도 다양한 정의에 해석을 달리 해보세요. 미분 접선의 기울기를 구하는 것, 적분 넓이나 부피를 구하는 것으로 미적분을 알고 있던 은영에게 교수의 접근이 새로웠다. 재밌죠. 은영이 중얼거리며 미소짓자 민혁이 자신은 미적분이 싫다고 했다. 왜요? 은영이 소곤거려 물었다. 그가 엉뚱한 대답을 했다. 고등수학 선생님이 사인은 싫어, 탄젠트는 타서, 코사인은 코가 타서 싫어. 그러면서 외우래서 외우긴 했는데 정말 싫었어요. 코가 타서 싫어, 로 공식을? 은영이 쿡쿡거리며 웃자 주변 학생들이 쳐다보았고 민혁이 다시 고개를 숙였다. 코가 타, 하며 마지못해 암기했을 민혁이 상상이 됐고 어쩐지 귀여웠다. 은영은 그때 생각했다. 그가 y축 자신이 x축을 감당하면 어떨까, 축이 바뀌어도 상관없을 것 같기도 했다. 한 축을 누가 담당하든 그 사이에 있는 변수들은 서로 채우면서 살면 된다고 말이다. 젊었고 앞날에 대해 겁이 없던 때여서 무모한 줄 모르던 시절이었다. 삶에는 기호로 대변할 수 없는 무한의 틈이 존재하고 그 틈에서 튀어나온 변수가 어떤 변곡점을 그려낼지 예측 불가했지만 그러한 것들은 문제가 되지 않을 거라고 여겼다.

국문학을 전공한 민혁은 공기업에 여러 차례 원서를 냈지만 연달아 취업에 실패했다. 이후 친구의 권유로 언어학원에서 입시생들을 지도하며 안정기에 접어들 무렵에 형이 나타났다.

실종됐다던 형은 주소를 어떻게 알았는지 편지를 보내왔다. 에이포 용지 두 장에는 구구절절 살아온 이야기와 이제는 중병에 걸려 병상에 누워있다는 이야기가 빼곡하게 적혀있었다. 편지 말미에는 한 번만 찾아와 달라는 당부와 함께 어렵겠지만 치료비를 부탁한다는 내용이 추신으로 적혀 있었다. 민혁은 그날 혼자서 소주 두 병 비웠고 횡설수설하며 산속을 헤메던 이야기를 했다.

"어둠 속에서 뭐가 제일 두려웠는지 알아? 총알? 물론 두려웠지, 어디서 날아와 심장을 뚫을지 모른다고 생각해 봐. 풀썩이는 나뭇잎 소리에도 온몸에 소름이 돋았지. 어둠 속에서 다시 형이 나타나 뺨을 때려주면 길을 찾을 수 있을 것 같다고 생각했어. 형을 생각하면 소름이 돋았지만 갈피를 잡을 수가 없었거든. 어두운 숲에서 어떻게 방향을 잡겠어. 수풀에 숨어 지칠 때까지 울다가 희뿌연 동이 트면 그때 움직였어. 동남쪽으로 걷다가 환해지면 다시 수풀에 숨어 있었어. 그러느라 집에 가는데 이틀이 걸렸어. 버스를 타면 산자락 마을을 굽이굽이 다 돌아가도 한 시간이면 가는 거리였는데."

고해성사를 마친 민혁은 형을 보지 않겠다고 웅얼거리다가 쓰러져 잠이 들었다. 며칠 후 민혁은 말도 없이 집을 나가 한동안 소식이 없었다.

은영은 혼자서 시아주버니를 찾아갔다. 도시 외곽의 종합병원에 입원해 있었다. 그는 혈색이라곤 찾아볼 수 없는 누런 얼굴로 호흡기를 끼고 누워 있었다. 곁에는 간병하는 여자가 있었다. 그녀는 은영을 보더니 동거하는 사이라고 했다. 어색한 인사를 나누고 침묵이 흘렀다. 은영은 쾌차하시라고 말하고서 병실을 나왔다. 배웅하러 문밖까지 따라 나온 여자에게 은영은 백만 원이 든 봉투를 건네며 병원비에 보태라고 했다. 그녀는 고맙다는 말 대신 시아주버니가 오래 살지 못할 거라고 했다.

민혁에게 연락이 온 건 한 달이 지나서였다. 선배가 운영하는 프로그램 회사에 취직했다며 대뜸 이사하자고 했다. 갑자기 이사를? 은영은 당황스러웠으나 짐짓 태연한 척했고 어떤 회사인지 물었다. 신생프로그램 업체야. 직원 수가 열 명밖에 안 되지만 전망이 좋아. 은영은 전공이 다른데 어떻게? 하고 묻자 민혁은 단순한 것부터 배우면 된다고 했다. 그러더니 연봉에 대해 말할 때는 저절로 위축된 듯 소리를 낮추었다. 은영은 생각해 보겠다고 대답했지만 현실적으로 무리였다. 준서도 새로운 유치원에 적응하려면 스트레스를 받을 것이고 치매로 요양원에 있는 어머니도 문제였다. 어머니가 요양원으로 들어간 지 겨우 두 달이 지났을 때였다. 어쩔 수 없이 은영은 주말부부를 하자고 민혁을 설득했다. 잠시 떨어져 살기로 한 세월이 칠 년이나 지속됐다.

경기도로 이사한 은영은 학원을 두 군데 거쳐 지금의 학원을 차렸다. 은영은 주말에도 쉬지 않고 고등부까지 수업했다. 전세가 급격하게 올라 뭐든지 절약하면서 생활해도 늘 빠듯했다. 세제나 식료품은 원앤원 제품을 주로 구입했고 채소나 즉석식품을 구입할 때도 늦은 시간에 들러 절반 이하나 원가로 파는 떨이 제품을 이용했다. 결국 전세 대출이 불가능해 은행 대출을 끼고 집을 산 것이 그나마 다행이었다. 수업 시간도 많고 쉬는 날도 없어 죽을 것처럼 힘들었지만 은영은 이만하면 순탄한 날들이라고 생각했다. 대학 생활에 열심인 준서, 요양원에 있지만 비교적 착한 치매를 앓고 있는 어머니, 오랫동안 프로그램회사에서 경력을 쌓고 있는 민혁, 모두가 잘 지내는 듯해서 은영은 나름 만족하고 있었다.

민혁이 실직했을 때 은영은 어머니를 찾아갔다. 산 중턱 양지녘에 지어진 요양원으로 옮겨 지내는 어머니도 이제는 그곳이 집처럼 편하다고 했다. 다만 고령이다 보니 현저히 인지능력이 낮아지고 있다. 은영이 내민 개나리꽃을 받아든 어머니가 옛이야기를 했다. 뒷산에서 꺾어왔냐? 예쁘다. 은영은 그렇다고 했다. 어머니가 개나리 꺾어다가 유리컵에다 꽂아뒀잖아요. 그랬는디 인자 기운이 없어야. 고맙다. 개나리도 꺾어다 주고. 그러더니 은영을 향해 물었다.

"근데 뉘시요? 우리 딸도 아줌마처럼 생겼는디."

"나, 은영이잖아. 이제 딸도 몰라보네."

딸이라는 소리에 어머니는 천천히 고개를 끄덕이더니 다시 개나리를 살피며 예쁘다고 했다. 전부터 가끔 몰라봤지만 그럼에도 은영은 이만하면 괜찮다고 생각했다.

*

타이핑을 마친 시간이 오후 2시였다. 은영은 학원 문을 열어 둔 채로 밖으로 나가 도로 맞은편에 있는 편의점으로 갔다. 컵라면과 김밥을 사서 학원으로 돌아와 원장실에서 점심으로 먹었다. 그러고는 믹스커피 한잔을 마시고 청소를 시작했다. 강의실마다 문을 열어 환기를 시키고 대걸레로 바닥을 닦고 창틀과 책상을 걸레로 닦았다. 3시 20분, 수업 시간이 됐는데도 이 선생이 출근 전이었다. 전화를 걸었으나 통화가 되지 않았다. 톡을 보내놓고 보니 재일이 톡이 와 있었다. 엄마가 연락이 안 되니 사랑한다고 전해달라는 내용이었다. 어쩐지 다급한 일이 생긴 것 같아 통화버튼을 눌렀으나 연결이 되지 않는다는 기계음이 들려왔다. 출석부에서 학부모 번호를 찾아 번호를 눌렀다. 연결이 되지 않는다는 기계음이 이어졌다. 엄마 핸드폰이라는 녀석의 메시지가 그제야 생각났다. 그러는 사이에 초등생 셋이 들어왔다. 강의실로 들어가 문제를 풀게 하고는 아직 오지 않는 학생에게 전화를 걸었다. 어찌 된 영문인지 거는 전화마다 통화가 되지 않았다. 학부모에게 톡을 남기고 수업을 했다. 뒤늦게 이 선생이 죄송하다며 들어왔다. 한숨을 돌리고, 핸드폰으로 뉴스를 살폈다. 속보가 올라왔다. 남쪽 바닷가에 있는 수련원이 무너져서 많은 사람들이 갇혔다고 했다. 인근 중고등학교 두 곳이 수련회 기간이었다. 아이들이 어디로 갔는지 생각나지 않았다. 입술이 빠짝 타들어 갔다. 좌불안석이던 은영은 불현듯 생각나 준서에게 전화를 걸었다. 전원이 꺼져있다는 기계음이 들려왔다. 민혁도 재일이도 마찬가지였다. 모두 약속이나 한 것처럼 전화기가 꺼져있다.

시험대비를 하고 밤늦게 수업을 마쳤다. 그러고는 핸드폰으로 뉴스를 살폈다. 포털 사이트에 사망자 명단이 올라와 있었다. 은영은 이름을 자세하게 살피다가 한숨을 돌리며 아는 이름이 없어서 안도했다. 그러다가 문득 생각하니 안도한 것이 미안했다. 고인이 된 분들과 가족들의 마음을 미처 헤아리지 못해 죄송했다.

현관문을 열자 집안의 어둠이 한꺼번에 쏟아졌다. 팔을 들어 흔들어도 센서 등이 반응하지 않았다. 더듬거려 거실 불을 밝히고 방마다 누가 다녀간 흔적이 있는지 확인했다. 아침에 나갈 때 그대로였다. 아무도 돌아오지 않았음을 확인한 은영은 거실 소파에 비스듬히 기대고 누워 티비를 켰다. 방송에서는 속보가 이어졌다. 그 모습을 물끄러미 바라보고 있었는데 어느새 눈이 감겼다. 어디선가 낯선 소리가 들려온다. 아들? 당신이야? 목소리를 높였지만 어쩐지 소리가 나오지 않았다. 설핏 눈을 뜬 순간이었다. 티비에서는 여전히 속보가 방영되고 있다. 구조작업은 여전히 느리게 진행되고 있고 희생자가 살아있다는 희망을 놓지 않고 있다는 뉴스 진행자의 소식이 반복되고 있다. 은영은 핸드폰을 먼저 살폈다. 문자도 톡도 없었다. 남편과 아들에게 전화를 걸었지만 전화기가 꺼져있다는 기계음만 연달아 들려왔다. 혹시 자는 사이에 들어온 건지 방마다 문을 열어 살폈으나 아무도 오지 않았다. 그녀는 다시 소파에 앉아 구조자 소식이 있는지 티비에 시선을 고정시킨다. 깊은 어둠이 그녀의 집안에 짙게 깔려있다.

연분홍색 크림통

노성현은 아침마다 백팩을 메고 도서관으로 갔다. 열람실은 삼 층에 있었다. 계단을 올라 열람실로 들어서면 맞은편 창에 햇살이 내려앉은 자리가 보였다. 그는 그곳에 앉아 낯선 용어를 외우고 또 외웠다. 그러다가 점심때가 되면 지하 식당에서 백반을 시켜 혼자서 밥을 먹었고, 식후에는 매점에서 파는 커피를 사 들고서 산책을 했다. 도서관 뒤쪽으로 조경수가 나란한 산책로를 걷다 보니 비슷한 연배와 육십이 넘어 보이는 사람들 몇이 느린 속도로 걷는 모습이 눈에 띄었다. 열람실에서 함께 공부하던 사람들이었다. 노성현은 그들과 함께 둘레길을 한 바퀴 돌고 나서 열람실로 들어갔다. 오전에 외웠던 낯선 용어들이 오후가 되면 처음 본 것처럼 낯설었지만 밑줄을 치고 암기하며 기출문제를 풀었다. 도서관을 나서는 시간은 다섯 시경이었다. 후문으로 이어진 야산으로 만호동과 금호동을 잇는 오솔길이 나 있었다. 노성현은 그곳을 경유해 집을 오갔다. 구릉지를 넘어서 길을 걷다 보면 길가에 듬성듬성 자란 이름 모를 풀들이 눈에 들어왔다. 자그마한 풀이 피운 고운 꽃을 살피다 보면 간혹 꽃만큼이나 예쁜 클로버 군락이 보였다. 그러면 노성현은 걸음을 멈추고 한동안 클로버 잎을 뒤적였다. 네 잎의 행운은 쉽사리 발견되지 않았다. 아쉬움에 발길을 돌리면서 그는 행운보다는 행복이라고 생각하며 다시 걸었다. 집까지는 십오 분 거리였으나 그는 중간에 있는 큰사거리 시장에서 장을 보느라 시간을 지체했다. 그곳은 시장이라기보다는 노점상에 가까웠다. 도로를 가르는 경계석 안쪽으로 줄지어 앉은 할머니들이 빨간 플라스틱 바구니에 마늘, 양파, 쪽파, 고추, 등 온갖 찬거리를 올려놓고 장사를 했고 그들 반대쪽에는 반찬류, 생선, 건어물 등을 파는 규모를 갖춘 상인들 몇이 자리했다.

노성현은 우엉이나 시금치, 잔멸치 등을 주로 사곤 했는데 대부분은 노준영이 좋아하는 반찬이었다. 간혹 음식을 하기 싫은 날에는 갓 담근 파김치와 시래기를 잔뜩 넣은 추어탕을 사기도 했다. 탕 종류와 김치는 할머니들 오른쪽에 있는 좌판에서 팔았다. 그곳에는 중년의 아주머니와 백발의 할머니가 번갈아 가며 장사했다. 그날은 백발의 할머니가 빛바랜 빨간 플라스틱 의자에 앉아 있었다. 노성현이 다가가 추어탕이 든 대형 들통 앞에 서자, 할머니가 끙, 하고 다리를 짚고 일어나 추어탕 뚜껑을 열었다. 그러고는 자루가 긴 국자로 추어탕을 떠서는 비닐봉지 가득 담아 주었다.

검정 비닐봉지를 들고 남양아파트를 가로질러 가면 이 차선 도로 건너편에 낡은 주택단지가 있다. 노성현의 집은 그곳 중간쯤에 있다. 그는 곧장 집으로 가는 날이 드물었다. 주택단지 초입에 있는 상가에서 또다시 발길을 멈추었다. 일 층에 있는 채플린 헤어 미용실에 들러 김 원장과 잡담을 나누기 위해서였다. 채플린 헤어는 어머니가 살아계실 때부터 따라다니던 미용실이었고 어머니가 돌아가신 다음에는 노성현 혼자서 드나들었다. 도서관에 다니면서는 거의 매일 채플린 출입문을 두드렸다. 특별한 이야기를 나누는 것도 아니었다. 그냥, 믹스커피 한 잔을 마시고 그날의 안부를 묻는 정도가 다였다.

그날도 그런 날이었다. 노성현이 채플린에 들어가자 웬일로 김 원장이 할 말이 있다며 가지 말고 기다리라고 했다. 두 명의 남학생 중 한 명의 커트를 막 완성한 김 원장은 두 번째 학생의 머리를 자르기 시작했다. 무슨 말인지 궁금증이 일었으나, 노성현은 일회용 컵에 믹스커피를 타고서 소파에 앉아 천천히 커피를 홀짝였다. 이십 분쯤 기다리자 두 번째 학생의 머리가 완성됐다. 학생들은 거울에 비춘 서로의 모습을 바라보며 흡족한 듯 밖으로 나갔다.

"아휴, 나 오늘도 고생했다."

김 원장은 늘 하던 셀프 칭찬을 늘어놓고선 스툴 의자에 앉아 눈동자를 반짝이며 물었다.

"자기, 청소해 볼 생각 있어?"

"청소요?"

"우리 미용실 단골손님이 미화원 모집한대. 요즘은 청소일도 없어서 못하는 거 알지? 사대보험 되고 쉬는 날도 있고. 어때?"

"준영이 싫어할 텐데."

"그냥 알바 구했다고 둘러대. 일찍 출근해서 오후 네 시면 퇴근이야. 공인중개사 자격증 공부는 밤에 틈틈이 하고, 요즘 그런 일자리가 어디 쉬워?"

잠깐 쉰다는 게 벌써 일 년이었다. 노성현은 세탁 공장에서 팔을 다쳤다. 그날 사고는 지금 생각해도 아찔했다. 시트를 펴다가 롤러에 왼팔이 끼인 것이다. 앰뷸런스에 실려 병원에 가 부러진 뼈를 고정시키는 수술을 했고, 한 달 동안 꼼짝없이 병상에 누워 간호사가 주는 약을 한 움큼씩 삼켰다. 그게 끝이 아니었다. 퇴원 후에는 두 달간이나 병원에 드나들며 재활 치료를 받았다. 그럼에도 다친 팔은 예전처럼 활발하지 않아 제멋대로 오작동을 일으켰다. 이후로 노성현은 밤마다 악몽에 시달렸다. 쫓기는 꿈이었다. 어둠 속 어디선가 드르륵드르륵 롤러 돌아가는 소리가 들리기 시작하면 그는 소리가 나지 않는 쪽으로 전력 질주했다. 달리다가 넘어지고 다시 일어나 달리기를 반복했다. 도저히 달릴 수가 없어 멈춰서면 입을 쩍 벌린 롤러가 눈앞에 불쑥 나타나 팔을 물어버렸다. 꿈은 장소와 상황이 조금씩 달라졌을 뿐 마무리는 매번 같은 상황이었다. 어떻게든 물린 팔을 빼내려고 애쓰다가 식은땀이 범벅이 된 채로 잠에서 깨곤 했다. 정신과를 찾아가 상담도 받았다. 의사는 꿈은 무의식의 산물이라며 마음을 밝게 하고 밖으로 나가 햇볕을 쬐는 산책을 권했다. 수면제와 안정제를 처방받은 그는 밖으로 나가 천변을 걸었다. 천변을 걸으며 무슨 일을 할까 고민했고 집에 돌아와서는 핸드폰으로 구직사이트를 살폈다. 아무리 살펴도 불편한 팔로 할 수 있는 일이 없었다. 그러던 어느 날 반장에게 전화가 왔다. 언제 출근할 수 있는지 묻는 전화였다. 노성현은 잠시 뜸을 들이다가 팔이 불편해서 일할 자신이 없다고 했다.

공부를 한다고 했지만 모의 시험이 형편 없던 노성현은 자격증 공부를 그만둬야 하나 내심 고민에 빠져 있었다. 노성현이 망설이자 눈치가 빠른 김 원장이 누군가에게 전화를 걸어 약속을 잡았다. 그 주 금요일 세 시에 노성현은 와이 슈퍼 건물 삼층 복도에서 청소용역 소장을 만났다. 소장은 노성현을 위아래로 쓰윽 훑더니 대뜸 다음날부터 출근이 가능한지 물었다. 토요일인데요? 노성현이 되묻자 소장은 토, 일은 일하고 월요일이 쉬는 날이라고 했다. 노성현은 고개를 끄덕이며 가능하다고 했다.

*

스무 살에 노성현은 여의도에 있는 L 사에 다녔다. 실업 고등학교여서 친구들 대부분은 상반기에 취업을 한데 반해 노성현은 뒤늦게 하반기에 취업했다. 출근 시간이 한 시간 반이나 걸렸지만 노성현은 지각 한번 하지 않고 열심히 다녔다. 업무성과도 동료들 간의 평판도 좋았지만 이상하게도 승진 심사가 있을 때마다 그는 동료들에게 밀려났다. 서른 즈음에야 학력이 고졸이라 승진에서 밀렸다는 걸 알게 됐다. 뒤늦게 입사한 후배가 먼저 승진하자 그는 심각하게 퇴사를 고민했다. 그즈음 부서 이동으로 이효은이 합류해 같은 사무실에서 일하게 됐다. 그녀의 책상은 노성현의 책상과 나란히 붙어 있었다. 이효은이 일어서거나 자리에 앉으면 그녀의 주변에서 상큼한 장미향이 났다. 노성현은 그녀가 풍기는 장미향에 매료되어 샴푸, 비누, 로션, 등을 모두 장미향으로 교체했다. 어느 날, 노성현이 탕비실에서 커피를 뽑아왔을 때 이효은이 커피향이 좋다고 했다. 그는 다시 탕비실로 가 새로운 커피를 뽑아 그녀에게 내밀었다. 머그 컵을 받아들 때 그녀의 보드라운 손가락이 노성현의 손끝에 스쳤다. 순간 노성현의 왼팔에 찌르르 전율이 일었다. 전율이 스러지자 이번에는 가슴이 떨렸다.

"그런 게, 설렘이야. 자기, 혹시 그 여자 좋아하는 거 아냐?"

김 원장이 말했다. 아니라고 손사래를 쳤지만 생각해 보니 그즈음 자신이 왠지 모르게 들떠 있는 걸 발견했다. 괜히 웃고 허밍으로 노래도 흥얼거렸고 한 시간이나 일찍 회사에 출근했다. 그게 다 이효은 때문이라는 걸 인정하지 않을 수 없었다. 하지만 안타깝게도 노성현의 설렘은 짧게 끝이 났다. 하늘이 높푸른 가을 무렵에 이효은이 그에게 청첩장을 내밀었다. 그제야 결심이 섰다. 노성현은 회사에 미련을 접고 사직서를 제출했다.

두 번째 근무처는 L 대리점이었다. L 사에서 직계 상사였던 유 과장이 퇴직하고 차린 대리점이었다. 유 과장에서 유 사장으로 명함을 바꾼 사수는 L 사와 관련된 기업에 플라스틱 원자재를 납품했고 노성현은 사무실에서 잡무를 처리했다. 사실상 경리였다. 전화를 받아 거래처와 주문 내역을 적어두면 유 사장이 물건을 배달했다. 칠 년이 지나 노성현은 대리점 경리직도 그만두었다. L 대리점의 매출이 절반으로 줄었기 때문이었다.

이후에는 세탁 공장에 일했다. 시트를 펴서 롤러에 밀어 넣는 단순 작업이었지만 깨끗하게 완성된 세탁물이 호텔 침실에 깔리고 그곳에 누운 사람들이 편안한 잠을 이룬다고 생각하면 마음이 뿌듯했다. 팔을 다치는 사고만 없었다면 정년 때까지 그곳에 다니려고 했다.

이제 노성현은 청소일을 한다. 혼자서 건물 복도를 오르내리며 쓸고 닦은 다음 화장실 휴지통을 비운다. 그러고는 바닥 청소를 하고 거울과 세면대를 닦는다. 청소를 하면 청결함이 잠시 유지 되지만 청소를 게을리하면 지저분하다는 민원이 들어온다. 저번 청소부가 고령의 할머니였는데 지저분하다는 항의가 빈번해서 그만두었다고 했다. 노성현은 구석구석 요령 피우지 않고 쓸고 닦았다. 하다 보니 내성이 생겨 청소도 할 만했다.

*

그즈음 노준영이 연일 술을 마시고 들어왔다. 노성현이 걱정하자 김 원장은 보나 마나 연애사일 거라고 짐작했다.

"어쩜 자식들은 한결같이 속을 썩이는지, 오죽하면 지랄 총량의 법칙이 있다잖아. 말을 안 하는 거면 뻔해, 연애사일 거야. 걱정 말고 해장국이나 끓여 줘. 우리 아들도 한때는 상사병에 걸려서 죽는 줄 알았지 뭐야."

"지랄 총량이 뭐예요?"

"자식들이 살면서 말썽부리는 양을 말하는데, 한마디로 부모 속 안 썩이는 애들이 없다는 말이야. 어릴 때 순했어도 나이가 들어 속을 썩이든가, 아니면 어릴 때 말썽을 죄다 피우고 나이 들어서는 괜찮든가. 그만큼 애들 키우기가 어렵다는 말이기도 해. 나도 혼자 아들 키우느라 정말 힘들었어. 다시 키우라면 못한다고 할 거야. 지금도 그때 생각하면 한숨부터 나와."

"나는 편하게 키웠어요."

"그렇겠지, 준영이처럼 순한 애가 어딨다고. 이번에도 금방 지나갈 거야. 아니면 독립을 시키던가."

"독립이요? 그건, 좀."

노성현의 생각에 독립은 좀 아닌 것 같았다.

"생각해 봐. 삼촌이 혼자인데 착한 준영이 맘 놓고 연애라도 하겠냐고. 혼자 있어야 제 짝을 만나기도 쉽지."

곰곰이 생각하던 노성현은 노준영에게 물어보겠다며 미용실을 나섰다. 야간 근무 노준영은 다음 날 새벽에 들어와 곧장 침대에 엎어졌다. 노성현은 방문 손잡이를 잡고서 노준영에게 물었다.

"너, 분가할 생각 없어?"

벌떡 일어나 앉은 노준영이 미간을 찌푸리며 말했다.

"무슨 소리야? 삼촌 내가 혹이야? 혹시 혹이어도 떼어낼 생각 마요. 난 삼촌하고 딱 붙어 살 테니까."

"직장이 멀어도 너무 멀잖아. 광역버스를 타도 왕복 세 시간인데."

다시 이불을 뒤집어쓰고 누운 노준영에게 변명하듯 중얼거린 노성현은 조용히 방문을 닫고는 안도했다.

새벽 네 시에 일어난 노성현은 핸드폰 알람을 끄고 부엌으로 가 국을 끓였다. 그날은 백합을 준비했다. 숙취나 피로감에는 백합이 최고라며 김 원장이 레시피를 알려 줬다.

"냄비에 물을 올려놓고 끓어오르면 백합을 넣어. 오 분쯤 지나면 몽글몽글 거품이 올라올 거야. 거품을 걷어 내고 파, 마늘, 고추를 넣고 불을 끄면 완성이야. 맛을 봐, 시원하고 단맛이 날 거야."

김 원장의 말대로 백합국은 시원하고 단맛이 났다. 그는 국을 끓인 다음 전날 데쳐놓은 미나리와 오징어를 새콤달콤하게 묻혀 식탁에 놓고, 점심으로 챙겨 갈 도시락을 쌌다. 그러고는 국을 데워 먹으라는 메모를 남겼다. 노준영은 야간 근무여서 이제 일을 마칠 시간이었다. 광역버스를 타고 와도 한 시간 반이 지나야 집에 올 것이다. 식탁에 덮개를 씌우고 출근 준비를 했다. 서둘러 샤워를 하고, 화장대 의자에 앉아 드라이기로 머리를 말렸다. 그러고는 머리카락을 소분해서 롤을 말았다. 출근 준비 때 가장 신경 쓰는 과정이었다. 뽀글 머리는 짧게 올라가서 롤로 조금 펴 얼굴을 가렸다. 그러면 여자 화장실과 남자 화장실을 오가도 사람들이 그다지 경계하지 않았다. 머리가 고정되는 동안 노성현은 얼굴에 로션과 비비가 섞인 선크림을 발랐다. 잠깐의 여유를 두고 다시 드라이기를 들어 머리에 열을 가한 다음 롤을 빼고 스프레이를 분사했다. 픽픽, 스프레이 통에서 타이어 바람 빠지는 소리가 났다. 통을 흔들어 다시 뿌려도 마찬가지였다. 어쩌지? 노성현은 그제야 전날 스프레이 사는 걸 깜빡한 것이 생각났다. 젤이라도 있나 싶어 화장대를 살폈지만 젤도 없었다. 김 원장이 준 샘플 몇 개를 살폈다. 깨알 같은 글씨가 번져 보여 용도를 구분할 수가 없었다. 노성현은 노준영의 방으로 가 책상을 살폈다. 책꽂이 위에 로션과 스킨이 놓였고 그 옆으로 손바닥 만한 연분홍색 크림통이 보였다. 통에는 커다랗게 왁스라고 쓰여 있었다. 노성현은 손가락으로 크림을 듬뿍 떠서는 머리에 고루 도포했다. 제법 웨이브가 살아났다. 흡족해진 그는 시간을 확인하고는 도시락을 챙겨 다급하게 집을 나섰다.

골목은 아직 어둑했다. 그는 담에 바짝 붙여놓은 모닝 자가용에 시동을 걸고 규정 속도를 지키며 일터로 향했다. 십 분쯤 직진하면 회사 건물이 보이는 큰 사거리에서 정지 신호에 걸렸다. 좌회전을 하려면 사 분은 기다려야 했다. 기다리는 동안 노성현은 룸미러로 머리를 살폈다. 굵은 웨이브가 여전히 살아있었다. 스프레이 대신 사용해도 될 것 같아 노준영에게 왁스 파는 곳을 물어봐야겠다고 생각하며 노래를 흥얼거렸다. 계기판 시계가 다섯 시 삼십사 분으로 바뀌자 좌회전 신호가 들어왔다. 삼 층 옥외 주차장에 도착하니 주차장은 이미 환하게 밝아 있었다. 곧 햇살이 비추면 이곳은 빠른 속도로 데워질 것이다. 한낮의 더위를 예견하며 노성현은 구석진 곳에 세워진 두 대의 차 옆에 모닝을 나란히 세웠다. 차 주인들은 오층 설계사무실에 근무하는 직원들이다. 가끔 그들은 회식을 한다며 차를 두고 갔다가 출근해서는 차를 둘러보기도 했다.

십 분 지각이다. 지각했다고 나무라는 사람이 없는데도 노성현은 서둘러 사물함이 있는 복도로 갔다. 열쇠를 열어 작업복을 꺼내고, 화장실로 들어가 옷을 갈아입고, 창고용 칸에서 청소용품을 꺼내 일을 시작했다. 세면대와 거울을 닦고 복도를 다니며 빗자루로 쓸고 대걸레로 밀었다. 오 층에서부터 이 층까지 청소를 마치고 걸레를 빨기 위해 다시 삼 층으로 갔다. 그는 걸레를 빨기 전에 땀이 흘러내려 따가운 눈부터 씻고 가볍게 세수했다. 그러고는 거울을 보며 흐트러진 머리에 손을 댔다. 그때였다. 세면대 위로 머리카락이 툭툭 떨어져 내렸다.

놀란 노성현이 다시 한번 머리를 매만졌다. 이번에도 머리카락이 손바닥에 가득했다. 손을 대기만 하면 머리카락이 숭덩숭덩 빠졌다. 사색이 된 노성현은 작업복을 입은 채로 인근 병원으로 달려갔다. 의사가 머리에 무얼 발랐는지 물었다.

"왁스요. 그것 때문에 머리카락이 빠지나요?"

"제모제일 가능성이 큽니다. 집에 가셔서 설명서부터 확인하세요."

"분명 왁스였는데요."

노성현의 말을 흘려들은 의사는 처방전도 없이 진료가 끝났다고 했다. 직장으로 돌아온 노성현은 소장에게 전화를 걸어 조퇴를 요청했다. 그러고는 서둘러 채플린으로 갔다.

"분명 왁스를 발랐는데 머리가 이렇게 됐어."

"제모제가 맞을 거야."

사정 이야기를 들은 김 원장은 깔깔 웃더니 의사와 같은 말을 했다.

"그러니까 책만 보지 말고 TV도 보고, 유튜브도 보고 그래. 왁스도 모르면 어떡해!"

김 원장이 노성현의 머리를 다듬고는 드라이로 말리면서 면박을 주었다.

"어떡하죠? 화장실에 드나들 때는 뽀글이 파마가 젤 무난한데."

"기다려 봐! 내가 가발 구해줄게."

말이 끝나기 무섭게 김 원장이 전화로 가발을 주문했고 얼마 지나지 퀵이 도착했다. 노성현이 가발을 쓰자 김 원장이 다시 놀려댔다.

"오오, 너무 예쁜데? 자기 내 여동생 할래?"

매일 아침 가발을 쓸 때마다 노성현은 문득 김 원장의 말이 생각나 가슴이 설레기도 하고 쓸쓸하기도 했다. 노성현은 꿈이 있었다. 예뻐지고 싶은 꿈. 하지만 꿈을 이루기에는 노준영이 신경 쓰였다. 고등학생이 되면서부터 노준영은 노성현과 외모가 비슷했다. 키, 생김새, 웃는 표정까지 닮아서 둘이 외출하면 사람들이 모자지간이냐고 물었다. 그러면 얼굴이 빨개진 노준영이 정색하며 삼촌이라고 했다. 노성현이 웃으며 자리를 피하면 어느새 뒤따라온 노준영이 머리 좀 짧게 자르라고 화를 냈다. 그럼에도 노성현은 언제나 긴 머리를 고수했다. 긴 머리는 노성현이 자신을 위해 고집한 유일한 취향이었다. 노준영이 싫어해도 머리만큼은 바꿀 생각이 없었다. 그것 말고는 아무런 문제가 없었다.

*

노준영이 집을 나갔다. 당분간 나가 살겠다고 해놓고 연락이 없었다. 어떻게 지내는지 얼굴이라도 보려고 약속도 없이 찾아와 병원 정문 옆 이 층 카페에서 기다렸다. 그날 뒤늦게 나타난 노준영이 변명하듯 말했다. 사귀던 여자 때문에 힘들어서 그런다고. 이제는 괜찮으니 걱정 말라던 노준영은 언제 돌아올 거냐는 물음에는 나중에, 하고 얼버무렸다. 노성현은 알겠다고 고개를 끄덕이고는 집으로 돌아왔다. 그러고는 매일 노준영을 기다렸다. 하지만 노준영은 돌아오지 않았다. 안부를 묻는 메시지도 없었고 심지어 할머니와 제 부모의 기일에도 참석하지 않았다. 간혹 메시지를 보내 소식을 물으면 잘 지낸다는 짧은 답문이 전부였다.

이태가 지나 노성현은 다시 이 층 카페에 앉아 노준영을 기다렸다. 약속 시간이 한 시간이나 지났는데도 노준영은 나타날 기미가 없었다. 아홉 시가 넘어서자 는개가 가랑비로 바뀌어 창밖에 맺힌 빗방울이 줄줄 흘러내리고 있었다. 노성현은 톡을 다시 보냈다. 할 말이 있어 나올 때까지 기다릴게. 나올 때까지, 라고 했지만 노성현은 삼십 분만 더 기다리다 돌아갈 생각이었다. 안 오겠지? 인적이 끊긴 거리를 내려다보던 노성현이 시선을 거둬 창틀에 놓인 다육이를 바라보았다. 커피 찌꺼기로 심어놓은 다육이 화분에 잎새 몇 개가 떨어져 허공으로 뿌리를 두고 있었다. 건조한 뿌리는 손이 닿으면 부서질 듯 말라 있었다. 노성현은 손톱으로 커피 가루를 헤집어 잎새를 세워 뿌리를 묻었다. 그때 인기척이 났다. 언제 왔는지 비에 젖은 노준영이 테이블 맞은편에 서 있었다.

"할 말이 있다면서요."

"앉아. 커피 시킬까?"

"아뇨. 금방 가야 해요."

거절해 놓고 노준영은 마지못해 의자에 걸터앉았다. 노성현이 냅킨을 뽑아 머리를 닦으라고 내밀었다. 이번에는 끝내 뿌리쳤다. 화낼 때 노준영은 단호했다. 어릴 때부터 그랬다. 마음이 내키지 않으면 쳐다보려고도 하지 않았고 친한 친구와도 틀어지면 다시 만나지 않았다. 잘 지내? 들었던 냅킨을 테이블에 놓고 노성현이 그간의 안부를 물었다. 잘 지내요. 근데 할 말이 뭐예요? 노준영이 용건을 채근했다. 잠시 뜸을 들이던 노성현이 본론으로 들어갔다.

"수술하려고."

"어디 아파요? 심각해요?"

쌀쌀했던 노준영의 표정에 온갖 걱정이 스쳤다. 그 순간 노성현은 잠시 희망을 가졌다. 어쩌면 이해받을지도 모른다는.

"실은 그동안 정신과 상담을 받았어. 진단서도……"

그제야 의미를 파악한 노준영이 의자를 밀치며 벌떡 일어났다.

"설마, 아니죠?"

큰 소리에 카페 사람들이 두 사람을 번갈아 살폈다. 반기지 않을 것은 예상했지만 노준영의 반감은 생각보다 거셌다.

"제발요, 삼촌. 그냥, 이대로 살면 안 돼요?"

다시 의자에 주저앉은 노준영이 간곡하게 부탁했다. 이곳에 오기 전에 수없이 상상했던 장면이었다. 그러면 단호하게 거절할 거라고 연습했던 노성현은 그 순간 다시 주춤했다. 이내 마음을 다잡은 노성현이 단호하게 말했다.

"이제 와 달라질 결정이었으면 시작도 안 했어. 너도 알잖아, 내가 오랫동안 고민한 거."

"그냥 살면 안 돼요? 남들이 물으면 뭐라고 해요."

"난, 이제라도 나로 살고 싶어."

노성현이 노준영을 똑바로 바라보며 분명하게 대답했다.

"알겠어요. 마음대로 하세요. 그런데 난 삼촌만 기억할래요."

노성현이 할 말을 잃고 멍하게 앉았는데도 노준영은 그 말을 남기고 카페를 나가버렸다.

비는 소강상태였다. 카페에서 나가 인도에 멈춰 선 노준영이 가로수 아래 서서 담배를 꺼내 물었다. 불을 붙이고 담배를 몇 모금 피우더니 손끝으로 불을 끄고서 차도를 건너 어둑한 건물 사이로 사라졌다. 노준영이 사라진 골목을 멀뚱히 응시하던 노성현은 문득 어머니의 말을 떠올렸다.

"비도 숨 쉬면서 온단다."

"비가 숨을 쉰다고요?"

"그라제. 비도 오랫동안 내릴라믄 숨을 쉴 시간이 필요하제. 세상 이치가 다 그라제, 힘들어도 잠시 숨 쉴 시간이 필요하제."

장마철에 노성현은 호흡이 힘들었고 그 때문에 비가 얼른 그치기를 기다렸다. 그런 노성현을 위해 어머니가 지어낸 줄 알았다. 그런데 살다 보니 어머니의 말이 맞는 것 같았다. 장대비가 쏟아지다가도 중간에 잠시 쉬었다가 내리고 있었다. 노성현은 저도 모르게 숨 고르기를 했다. 서너 번 깊게 호흡을 들이키고 나자 카페에서 틀어놓은 노랫말이 들려왔다. 신해철의 민물장어의 꿈이었다. 그러니까, 아무도 가르쳐 주지 않네. 노성현이 노래를 따라 웅얼거리며 일어섰다. 의자에 걸쳐둔 우산이 바닥으로 떨어졌다. 엎드려 손을 뻗던 순간 명치끝에 통증이 일었다. 그가 다시 의자에 주저앉았다.

*

오월 하순의 어느 날 경찰이 노성현을 찾아왔다. 땡볕에 달궈진 옥상의 열기가 구석진 곳까지 데우는데도 노성현은 가장자리 그늘진 곳에 놓인 낡은 테이블에서 식사를 했다. 집에서 들고 온 도시락을 비우고 일회용 컵에 믹스커피를 넣어 텀블러에 담아온 뜨거운 물을 부었다. 그러고는 젓가락으로 커피를 휘휘 저어 마시며 식후의 여유를 누리고 있었다. 테이블에 한쪽 팔을 괴고 몰려오는 식곤증에 눈을 가늘게 뜨고 주차장을 전경을 바라보고 있었다. 그때였다. 출입구에서 누군가 걸어 나왔다. 한 사람인 줄 알았는데 둘이었다. 그들이 저벅저벅 걸어 노성현에게 다가오더니 말을 걸었다.

"혹시, 노성현씨 되십니까?"

"네. 맞는데요. 무슨 일로?"

노성현은 경찰이 찾아왔다는 사실에 놀라 자리에서 일어서려다 커피를 쏟았다. 쏟아진 커피가 바닥으로 흘러내리며 달달한 커피향을 풍겼다. 잠시 후, 노성현이 화장지로 커피를 닦아내는 동안 기다렸던 경찰이 용건을 꺼냈다.

"학생들이 선생님 핸드폰을 주워서 서에 가져왔습니다."

"제 핸드폰을요?"

그제야 노성현은 주머니를 뒤졌다. 가방에 두었나 싶어 사물함으로 가려다가 문득 생각났다. 전날부터 핸드폰을 사용한 기억이 없었다. 경찰은 몇 가지 조사할 게 있다며 서까지 동행을 요구했다.

취조실에 앉은 노성현은 핸드폰에 찍힌 두 장의 사진에 대해 진술했다. 경찰이 내민 사진에는 남성의 붉은 사타구니가 찍혀 있었다. 다른 사진 한 장은 피사체가 흐렸지만 나머지 한 장은 제법 선명했다. 경찰은 몰카를 왜 찍었는지 물었다. 제가요? 그런 적 없어요. 영문을 몰라 당황하던 노성현은 문득 며칠 전 화장실에서의 일을 떠올렸다.

오후 두 시쯤에 남자 화장실에서 가발을 벗고서 세수를 했다. 그러고는 잠시 핸드폰을 열어 연락 온 곳이 있나 확인했다. 아파트 분양 광고와 로또 번호 스팸이 전부였다. 노준영은 야간근무여서 자고 있을 거라고 짐작하고 뒷주머니에 핸드폰을 밀어 넣었다. 밀걸레를 들어 바닥 청소를 시작할 때, 젊은 남자 둘이 들어와 바지춤을 내리고 오줌을 쌌다. 그들은 볼일을 다 보고서도 바지춤을 올리지 않았고 서로의 사타구니를 들여다보며 낄낄댔다. 노성현은 괜히 민망해서 그들을 등지고 밀걸레질을 했다. 구석진 곳을 다 닦았는데도 그들은 그대로 서 있었다. 대걸레를 빨아야 하는데 개수대가 소변기 좌측에 있어 난감한 상황이었다. 어쩔 수 없이 나중에 닦아도 되는 세면대와 거울을 닦고 또 닦았다. 그들은 엉거주춤한 자세로 대충 이런 대화를 나누었다. 왁싱 했어? 어디서? B가 물었고 너도 해 봐. 여친이 무지 좋아해. 왁싱 유튜브도 있더라, 하고 A가 대답했다. B가 알겠다고 당장 해 볼 거라고 하자 A가 부작용도 있으니 조심 하라며 B의 어깨를 두드렸다.

두 사람은 다음 날도 같은 시간에 화장실에 들렀다. 그들은 전날과 달리 표정이 심각했다. 부작용 같지? 시간을 너무 끌었나? B가 걱정된 듯 물었고, A는 그런 것 같다며 병원에 가

보라고 했다.

"오작동이 난 것 같다고 하셨죠."

마주 앉은 경찰이 노트북 자판을 두드리며 질문했다.

"네, 폰이 가끔 오작동을 하더라고요."

경찰이 잠시 노성현의 진술을 타이핑하더니 다음 질문을 했다.

"몇 시쯤이죠? 두 사람이 화장실에 나타난 시간이요."

"점심시간 전이었나? 정확한 시간은 모르겠고 아무튼 그날 딱 한 번 바지 뒷주머니에 핸드폰을 넣고 일을 했으니까, 그때 찍혔겠죠."

경찰은 노성현의 말에 귀를 기울였지만 믿는 것 같지는 않았다. 핸드폰은 마찰에 의해 오작동하기도 하잖습니까, 제가 친구에게 전화를 건 적이 있는데 통화 상태인 줄 모르고 주변 사람과 계속 이야기만 하더라고요. 그 친구도 핸드폰을 바지 주머니에 넣고 걷던 중이었다고 했습니다. 그러니까 제 말은 사진은 음성인식으로도 찍히지 않습니까. 경찰은 타이핑을 하다가도 자꾸만 노성현을 쳐다보며 고개를 갸웃거렸다. 조사가 끝날 즈음 다른 경찰이 조사실로 들어서더니 합의서를 내밀었다. 그들은 사층에 근무하는 미술학원 강사들이라고 했다. 그들이 아무렇지도 않게 합의서를 써줬다며 다행이라고 조사관이 노성현에게 말했다. 그러고는 귀가해도 좋다고 자리에서 일어섰을 때 노준영이 나타났다. 조사관이 노준영을 한쪽으로 끌고 가 뭔가를 이야기했다. 표정이 굳은 노준영이 경찰서 출입구를 나서더니 버스를 타겠다고 했다. 차를 가져왔다고 해도 노준영은 알아서 가겠다며 정문 바깥으로 가버렸다. 집에 도착할 때쯤 노준영이 메시지를 보내왔다. 당분간 병원 근처에서 동료와 함께 생활한다는 내용이었다.

*

형 내외는 노준영을 데리고 서해안으로 여행을 떠났다. 출발하기 전 형은 셋이 가는 여행은 처음이라며 한껏 들떠 있었다. 그렇게 떠난 여행지에서 이틀 만에 사고를 당했다. 제어장치가 고장 난 트럭이 형의 차를 들이받은 것이었다. 차는 중앙분리대를 들이받고 전복되었다. 형 내외가 죽고 노준영 혼자 살아남았다. 구조대원은 부부가 노준영을 껴안아서 무사할 수 있었다고 했다. 형은 어머니가 운영하는 24시 곰탕집 주방을 맡고 있었다. 형이 그 새벽에 출발한 것이 식당 때문이라고 생각한 어머니는 곰탕집을 접었다. 그러고는 노준영을 돌봤다. 마당 화단에는 형이 심어놓은 감나무가 해마다 쑥쑥 자라났다. 감꽃이 필 때마다 어머니는 노준영에게 말했다. 감나무는 네 아버지가 심은 거란다. 가을 되면 우리 준영이 단감 맛있게 먹자!

노준영은 엄마, 아빠 없이도 쑥쑥 자랐고 말도 빨리 배웠다. 할미, 쌈촌. 부르는 모습도 웃는 모습도 예쁜 아이였다. 그렇게 자란 노준영이 유치원에 들어갔다. 노준영이 기죽으면 안 된다며 어머니가 입학식이나 체험 학습이나 학습 발표회에 때 빠지지 않고 참석했다. 하루는 행사에 다녀온 어머니가 회사로 전화를 걸어 시무룩해진 노준영을 걱정했다. 무슨 일인지 먹지도 않고 말도 없이 시무룩하다는 거였다. 한 끼 굶는다고 어떻게 되는 거 아니라고 그냥 내버려 두라고 했지만 노인네가 노심초사할 생각에 일이 손에 잡히지 않았다. 노성현은 퇴근길에 마트에 들러 노준영이 좋아하는 바닐라 아이스크림을 샀다. 종일 굶은 노준영은 아이스크림을 받아 들더니 먹지도 않고 왈칵 울음을 터트렸다. 한참 울고 난 노준영에게 노성현이 밥도 먹고 아이스크림도 먹으면 주말에 놀이동산에 데려가겠다고 달랬다. 그러자 손등으로 눈물을 훔친 노준영이 한숨을 내쉬고는 말문을 열었다.

"진짜? 진짜, 삼촌이 놀이동산 데려갈 거야?"

"그럼, 그러니까 밥부터 먹자."

그제야 노준영은 밥도 먹고 아이스크림도 먹더니 다시 한숨을 내쉬고는 물었다.

"삼촌 우리 엄마, 아빠 어디 갔어?"

"당연히 하늘나라에 계시지. 근데 왜 물어?"

노성현의 대답에 노준영은 울음을 꾹 참으며 겨우 말을 이었다.

"정말이지! 날 버린 거 아니지?"

"당연하지. 엄마 아빠가 널 얼마나 사랑했는데, 누가 놀렸어?"

노준영은 고개를 끄덕이며 그제야 할머니의 품에 안겼다.

그런 날이면 노성현은 혼자 슬펐던 날을 떠올리며 밤잠을 설쳤다. 회사에서 뒤늦게 들어온 신입이 승진해서 타 부서로 전근 갈 때, 함께 근무하던 여직원이 결혼하겠다고 청첩장을 돌렸을 때, 더 이상 버티지 못할 것 같아 사직서를 쓰던 밤에, 노성현은 형이 살아 있었다면 어땠을지 상상했다. 그러고는 괜히 형을 불러 온갖 투정을 부리다가 투정이 지나쳐 원망하기도 했다.

노준영이 중2 때, 어머니가 죽었다. 담낭 결석으로 수술까지 했지만 패혈증을 이기지 못했다. 이후로 노성현은 노준영의 유일한 보호자였다. 노성현의 부모 노릇은 엉터리였지만 노준영은 다행히도 힘들게 하지 않았고 무탈하게 성장했다. 사춘기 때, 두 번 정도의 사건이 있었지만 김 원장의 말에 의하면 그 정도는 애교라고 했다. 하지만 지금까지도 잊히지 않는 일이 있다. 중3 때, 노준영이 피시방에서 핸드폰을 습득한 일이 있었다. 핸드폰을 잃어버린 아이는 친구 몇 명을 동원해 며칠을 피시방 앞에서 진을 치다가 노준영을 붙잡아 집으로 데려갔다. 아이의 아버지는 노성현에게 전화를 걸어 노준영이 핸드폰을 훔쳤다고 했다. 피시방에서 현행범으로 붙잡혔고 CCTV도 이미 확보했다고, 하지만 같은 부모 입장이니 폰 비용만 보상한다면 문제 삼지 않겠다고 했다. 단, 자신의 집으로 와서 노준영을 데려가라고 했다. 노성현은 폰 값을 서둘러 이체하고 큰길 건너편에 있는 행복아파트로 달려갔다. 현관문이 열리자 바닥에 무릎 꿇고 있던 노준영이 눈에 들어왔다. 그 모습을 본 순간 노성현의 목구멍이 불덩이를 삼킨 것처럼 뜨거웠다. 뱉어낼 수도 삼킬 수도 없는 뜨거움이었다. 그 뜨거운 불덩이를 삼키며 노성현은 노준영을 불러 그 집을 나섰다.

집으로 오는 내내 노준영은 땅만 보고 걸었다. 어떻게 된 거야? 노성현이 묻자 노준영은 옆자리에 놓인 폰을 주웠다고 했다. 주변에도 계산대에도 사람이 없어서 폰을 들고 갔는데 친구가 한 번만 보자고 해서 줬어요. 다음날 돌려주려고 했는데 안 가져왔대요. 노성현은 노준영이 핸드폰을 훔쳤다고 현행범이라고 거짓말까지 하고도 감금까지 한 아이의 아버지가 괘씸했다. 가만두지 않겠다고 발길을 돌리자 노준영이 노성현의 팔을 붙들었다. 제 잘못이에요. 그러지 마요, 삼촌. 노성현은 노준영의 팔을 붙들고 갈등했다. 그대로 두자니 아직 어린 노준영을 감금한 그들이 용서가 안 됐고 따지러 가자니 노준영의 잘못도 있었다. 그때의 고민과 갈등은 여전히 남아 있다. 문제가 있을 때마다 노성현의 갈등을 잠재워 준 사람은 김 원장이었다. 김 원장은 명쾌한 해답을 내놓았다.

"그놈들, 양아치야. 그러니까 그 애비가 그런 수법을 쓴 거야. 자식들이 한두 번 말썽을 부린 게 아닌 거지. 노준영을 감금한 것이 속상한 거잖아. 방법은 두 가지야. 확 경찰에 고소하든가 아님 비싼 경험했다 치고 깔끔하게 잊어버리는 거지. 고소하면 준영이도 다쳐. 애들은 실수하면서 크는 거야. 우리 아들 클 때 나는 거실에다 일부러 돈을 놔뒀잖아. 지금은 돈 준다고 해도 싫어해. 엄마 고생한 돈을 어떻게 받냐고."

"원장님은 어떻게 그렇게 잘 알아요?"

"공짜로 사는 인생은 없어. 무엇에도 대가가 따르지. 자식이 저절로 크나? 세상에 부모 노릇이 제일 힘들대. 오죽하면 무자식이 상팔자라는 말이 있겠어."

노준영은 같은 실수를 반복하지 않는 아이였다. 그럼에도 자잘한 일들은 발생했고 그럴 때마다 노성현은 김 원장과 상의했다. 조언을 들은 결과 대부분은 아이들이 크면서 겪어야 하는 성장통이었다. 딱 한 번 노준영이 고집을 세운 적이 있었다. 수시전형 때였다. 노준영은 간호학과를 고집했다. 노준영이 가겠다는 간호학과는 S 시 끝자락에 위치한 대학이었다.

모의성적이 아까워 노성현은 정시로 가도 그보다 좋은 대학에 갈 수 있다고 설득했다. 삼촌. 내 일이야. 노준영은 타협의 여지도 없이 단호하게 자기 고집을 세웠다. 결국 노준영은 원하는 대학에 입학했다. 우수한 성적으로 졸업하고 군대도 최전방으로 무사히 다녀온 노준영은 S 시에 있는 대형 요양병원에 취직했다. 태움이라는 관행 때문에 간호사들 처우에 관해 이슈가 되던 해였다. 걱정과는 달리 노준영은 고참들의 텃세에도 힘들다는 내색이 없었다.

*

그해에는 장마가 유난히 길었다. 습한 칠월과 뜨거운 팔월이 가고 가을바람이 불 때까지 노성현은 집에서만 머물렀다. 그럼에도 나름대로 규칙적인 생활을 했다. 아침마다 눈을 뜨면 마당으로 나가 누가 왔었는지 살폈고 지난밤 쌓인 낙엽을 쓸었다. 앙상한 가지 끝에 매달린 빨간 감을 바라보다가 반쯤 접힌 낙엽이 포물선을 그리며 떨어지는 걸 발견했다. 문득 언젠가 다큐 프로에서 본 곤충의 번식 과정이 떠올랐다. 곤충이 잎새에 알을 낳고 나뭇잎을 절반으로 접어놓으면 잎이 떨어져 낙엽 사이에 파묻힌다. 곤충의 알은 따듯한 낙엽 속에서 겨울을 나고 알은 애벌레로 번데기로 성장하며 탈피과정을 거쳐 곤충으로 태어난다. 저 잎새도 알을 품고 있을까. 때가 되면 바람이 찾아와 잎새를 떨구듯이 때가 되면 알은 곤충으로 태어나 나무의 수액을 빨아먹을 것이다. 노성현은 새삼스레 잎새를 떨구는 바람의 일이 아름답게 느껴졌다. 불현듯 나답게 살고 싶다는 생각이 들었고 그것이 노성현을 두근거리게 했다. 노성현은 순간 결심했다. 나답게, 이제라도? 이제라도. 생각이 확고해지자 그는 더 이상 망설이지 않았다. 병원을 찾아 상담을 받고 호르몬 치료를 시작했다. 그러다가 상담 중에 통증의 시작점을 알게 됐다.

중3 때부터였다. 노성현은 티비에서 보았던 어느 예쁜 여배우의 우아한 머리와 공들여 화장한 얼굴과 붉은 립스틱을 바른 입술을 동경해서 어머니 몰래 립스틱을 산 적도 있었다. 노란 가발도 사고 짧은 치마도 사놓고 어머니께 들킬까 봐 옷장 깊숙이 보관했다. 한밤중에 일어나 몰래 입어보고 거울을 들여다보며 가슴 설레던 적도 많았다. 어느 날, 어머니가 그것들을 발견하고는 뭐냐고 물어서 학교 연극에 썼던 소품이라고 둘러댔다. 그때부터였다. 거짓말을 하고 나면 명치끝에 통증이 일었다.

집에 돌아와 침대에 누운 노성현은 이불을 뒤집어쓰고 잠을 청했다. 많은 일들이 떠올랐다가 흩어졌다. 핸드폰을 분실하지 않았다면, 오작동된 사진만 아니었다면 노준영이 집을 나가지 않았을까? 혹시 왁스 때문일까? 그런 생각을 하다가 잠이 들었던 것 같다. 깨어나 보니 해질 무렵이었다. 핸드폰에 부재중 전화가 세 통이나 와 있었고 메시지도 여러 통 와 있었다.

전화 확인하면 연락해

어떻게 된 거야?

벨을 눌러도 반응이 없어.

전화 받아!

모두 김 원장이 보낸 거였다. 노성현이 전화를 걸자 김 원장이 받더니 다짜고짜 소리쳤다.

"뭘, 바래. 조카든 자식이든 다 그렇지 뭐. 그래서 내리사랑이라고 하는 거야. 괜찮아. 내가 할게, 보호자."

"어떻게 알았어요. 노준영이 싫다고 하더라고요."

"내가 뭘 모르겠어. 근데, 준영이 입장도 이해돼. 당연히 싫지."

노성현이 고맙다고, 하자 김 원장이 딴 생각 말고 짐부터 챙기고 다시 푹 자라고 했다. 잘 자야 근육도 풀리고 그래야 수술도 잘 될 거라고.

노성현은 백팩에 세면도구와 여분의 옷을 챙겼다. 그러고는 김 원장의 말대로 아무 생각 없이 침대에 다시 누웠다. 오랫동안 잤는데도 다시 정신이 흩어졌다. 자면서 누군가에게 쫓기는 꿈을 꿨고 일어나 보니 꿈이 생각나지 않았다.

*

병실에서 환자복으로 갈아입은 노성현이 침대에 앉아서 내내 핸드폰을 살폈다. 김 원장이 노준영을 기다리는 거냐며 핸드폰을 뺏어갔다. 그때 문이 열리고 간호사가 들어와 이동 침대에 노성현을 눕혀 병실을 나섰다. 옆에서 따라 걷던 김 원장이 그의 팔을 붙들더니 다독였다.

"긴장 풀고 한숨 푹 자고 나와. 그러면 끝나 있을 거야."

노성현이 고개를 끄덕이고는 천장을 바라보았다. 단순한 마름모꼴 무늬들이 무한으로 이어지다가 어느 지점에서 경계를 가르듯 문틀이 보였다. 이어 공기가 달라졌고 소독내가 풍겨왔다. 의사가 다가와 마취를 시작한다며 편하게 호흡하라고 했다. 하지만 생각보다 호흡이 쉽지 않았다. 어디선가 어머니의 음성이 들려왔다.

'비가 숨쉬면서 온다고요?'

'그라제. 숨고르기를 해야 오랫동안 내리제.'

그제야 노성현은 안도하고는 깊은 숨을 들이켰다.

해설

살아있음을 재구성하는 일곱 가지 질의응답

허희(문학 평론가)

어떤 현실은 희망을 허락하지 않는다. "이 지나친 시련, 이 지나친 피로"(윤동주, 「병원」)에도 불구하고 거기에 화를 내서는 안 된다고 일제 강점기를 살던 시인은 자기를 다독였지만, 오늘날 일상의 시련과 관계의 피로는 내면 어딘가에 미세한 균열을 남긴다. 그 균열을 끌어안은 채 어찌하든 다음 걸음을 내딛어야만 하는 것이 인간이 지닌 슬픈 운명이리라. 첫 번째 소설집 『우리의 민아』(2020)에서 강애영은 이러한 현실 속에서 "포기할 것과 포기하지 말아야 할 것의 임계점"을 면밀하게 탐색하였다. 그러나 임계점이란 지나고 나서야 뒤늦게 후회로 인지되기 일쑤이다. 포기해야 할 것을 포기하지 않고, 포기하지 말아야 할 것을 포기하는 실수를 거듭하는 동안 균열은 끝내 파열로 이어진다. 하나 파열한 뒤에도 남아 있을지 없을지 모를 희미한 가능성을 붙잡으려 시도하기. 그것이 또한 인간의 속성임을 그녀는 작품에서 내내 증명하였다.

강애영의 두 번째 소설집『네모 쇼핑센터』는 이전의 문제의식을 충실히 계승한다. 거기에 더해 등장인물이 삶의 고리를 끊거나 다시 묶는 과정을 통해 진정으로 버리거나 지켜야 할 것이 무엇인지 집요하게 묻는다. 누군가와의 관계를 단절하는 것은 책임을 회피하는 행동으로만 해석될 수 없다. 이는 더 이상 지속할 수 없는 상황에 대하여 필연적으로 도출될 수밖에 없는 응답이 아닌가. 그녀가 형상화하는 캐릭터는 과거의 상처와 현재의 과제, 미래에 대한 어렴풋한 기대 사이에서 흔들린다. 강애영의 작품은 고통과 상실의 결과를 제시하는 데 그치지 않고, 특정한 사건을 겪는 인물이 어떻게 자신을 재정의하고, 이를 매개로 하여 얼마나 독특한 연결고리를 창출하는지 보여준다. 그래서 이 글은 일곱 편의 소설을 무리하게 범주화하기보다는, 각각의 스펙트럼을 폭넓게 사유할 수 있는 소개 방식을 취하려 한다. 이에 관한 새로운 구조화는 당신의 권리이다.

(1) 숫자 속 인간의 형상:「5번의 다이어리」

심나영이 근무하는 학원에서는 강사들이 이름 대신 번호로 불린다. 3번으로 불리던 그녀는 동료 강사와 마찬가지로 자신의 이름과 정체성을 기호의 체계 속에 상실해 간다. 효율성을 위한 장치 안에서 사람들의 존재는 지워지기 마련이다. 심나영이 기억하는 5번은 그래서 흐릿할 수밖에 없다. 그녀는 5번의 얼굴도 잘 떠올리지 못한다. 그런데 어느 날 스치듯 본 광고 문구에서 심나영은 잊고 있던 과거의 조각을 불현듯 소환한다. 그녀는 우연히 습득하여 집에 보관해 둔 5번의 다이어리를 찾는다. 그것은 일정 기록장이라기보다 번호 뒤에 숨겨졌던 한 인간의 삶을 증언하는 발자취에 가깝다. 다이어리에는 5번이 열심히 인생을 살아낸 흔적들로 가득하다.

가계부에는 보일러 수리비, 아이를 위한 생활용품, 대출 상환 계획까지 빼곡히 적혀 있다. 세세한 목록은 5번이 감당해야 했던 현실의 무게를 예증한다. 더 나은 미래를 위해 작성한 자기소개서는 그녀가 품었던 꿈을 보여주지만, 동시에 단단하고 냉혹한 현실의 벽도 느끼게 한다. 다이어리 속 메모는 한 사람의 일상이 사회적 자장 속에서 어떻게 작동하고, 혹은 지워지는가를 보여주는 장치이다. 심나영에게 5번의 다이어리는 호기심의 대상만은 아니다. 이를 들여다보면서 그녀도 자신이 처한 현재의 위치 등을 돌아본다. 3번인 나는 5번과 얼마나 다른가, 아니 같은가. 5번의 이야기는 특정 개인의 삶을 넘어, 숫자로 환원되어 자기다움을 잃어가는 현대인의 보편적 경험을 은유적으로 드러낸다. 또한 그 속에서도 잊히지 않는 인간의 목소리를 되살린다. 심나영이 다이어리를 통해 발견한 것은 5번의 외피가 아니라 잃어버린 내면 풍경 조각의 일부, 그것의 복기였다.

5번의 다이어리가 남긴 내밀한 흔적처럼, 우리의 삶도 어딘가에서 누군가에게 읽히고 기억될 것이라는 가능성의 암시야말로 중요하다. 잊힌 이름을 복원하려는 노력은 곧 자신을 다시 바라보는 과정이 되고, 그 과정을 통해 우리는 비로소 충만하게 살아있다는 감각을 되찾는다. 심나영이 느꼈던 복잡한 감정은 읽는 이에게 그대로 전이된다. 다이어리 속 메모와 목록들, 그 안에 담긴 무게를 떠올릴 때, 우리는 그 기록 속에서 자신의 모습을 발견하게 된다. 어떤 숫자로 불리든, 어떤 기록으로 남든, 그 안에서 잃어버린 이름과 이야기를 당신이라면 어떻게 되찾을까?

(2) 들숨과 날숨처럼 연동하는 생과 사:「라마즈 호흡법」

병원은 한 생명이 숨을 거두는 곳이자, 또 다른 생명이 태어나는 이중적 장소다. 생과 사가 공존하는 아이러니는 그곳에 머무는 한 여성을 중심으로 묘사된다. 만삭의 주인공은 간성 혼수상태로 병상에 누워 있는 엄마를 돌보기 위해 중환자 보호자 대기실에 있다. 죽음의 문턱에 선 엄마, 탄생을 앞둔 아기라는 상반된 생명의 무게를 짊어진 그녀의 시간은 단조롭게 되풀이된다. 엄마의 상태를 확인하고 예후를 기다리는 나날. 그러한 반복 속에 육체적, 정서적 피로가 쌓인다. 먹는 것도 자는 것도 쉽지 않은 상황이다. 그녀는 만삭의 임산부인 자신이 엄마를 간호하기에는 버겁다는 당연한 결론에 도달한다. 출구 앞에서 신발을 내려놓으며 그녀의 몸이 먼저 무너져 내린다. 그녀가 쓰러지는 장면은 육체적 피로만으로 볼 수는 없다. 그것은 그녀가 느끼는 죄책감과 무력감 등 정서적 피로가 누적된 결과이다.

주인공에게 닥친 상황은 관계의 끝과 시작, 책임과 해방 등 인생을 둘러싼 심오한 주제를 환기한다. 생명을 탄생시키는 과정이 희망과 기쁨으로 점철되지 않음을, 그리고 가까운 이의 투병을 목도하는 일이 쉬운 이별로 종결되지 않음이 여기에서 드러난다. 라마즈 호흡법은 한 생명을 세상에 내놓기 위한 기술이면서, 동시에 죽음의 무게를 짊어진 사람이 선택할 수 있는 마지막 숨의 조율일지도 모른다.

한편 출산 과정에서의 극심한 통증은 그녀의 내면에 쌓인 갈등을 폭발시키는 장치이다. 이때 행하는 라마즈 호흡법은 자신과 아이의 생존을 위한 몸부림 같은 방식으로 해석된다. 더불어 이것은 그녀가 자신과 가족을 포함한 참을 수 없이 무거운 삶에 대한 무게를 받아들이는 과정으로 이어진다. 엄마를 부르짖으며 절규하는 그녀의 모습은, 자기의 근원을 향한 원초적 욕망이자 죽음과 맞서는 인간의 고투이다. 아이의 탄생은 그녀에게 희망의 방향성을 제시한다. 하지만 그 희망이 절대적 해방일 수는 없다. 아이를 안고 느끼는 기쁨 속에서도 그녀는 엄마와의 사이에서 해결되지 않은 고민, 그 안에서 자신이 선택한 고통을 끌어안는다.

(3) 기억과 역사의 뒤안길:「제막식」

군부의 탄압으로 희생된 선배의 동상 제막식. 이를 배경으로 개인의 기억과 역사가 교차하는 면면이 그려진다. 여기에서 실제 배경으로 추측되는 것이 인혁당 사건이다. 인혁당 사건은 1974년 유신 체제의 국가 권력이 민주화를 요구하던 이들을 무자비하게 탄압하고, 그들의 언행을 용공 행위로 조작한 대표적인 정치적 비극으로, '사법 살인'으로 억울하게 목숨을 잃은 희생자들의 상처는 한국 현대사의 아픔으로 남아 있다. 「제막식」은 인혁당 사건을 간접적으로 제시하면서 억압된 역사를 조명한다. 망미산에서 진행된 동상 제막식은 한 선배의 희생을 기리는 행사만이 아닌, 당시의 비극적 현실 속에서 사라져간 이름과 그들의 삶을 복원하려는 행위로 읽힌다.

서두에서 승민은 신식으로 단장된 용산역에 도착하여 변화한 환경에 적응하지 못한 자신을 이질적인 존재로 느낀다. 이는 그가 마주할 제막식과도 연결된다. 망미산으로 함께 향하는 동행자들 역시 그와 다르지 않다. 그래서 그들은 수동적인 주변인으로만 머물지 않는다. 예컨대 김 선배가 동상을 손으로 더듬으며 대화하는 장면은, 기억으로서의 역사가 눈에 보이는 형태가 아니라, 인간의 감각과 경험 속에 스며 있다는 것을 상징적으로 보여준다. 동상은 기억과 망각이 교차하는 자리로 작용하고, 개인의 삶이 역사의 틀 안에서 어떤 위치를 점유할 수 있는지 질문을 던진다. 비 오는 날씨도 인물들이 느끼는 정서의 결을 구성하는 중요한 요소이다. 비는 과거의 아픔과 현재의 혼란을 씻어내는 정화의 이미지로 작용하면서, 흐릿한 시야를 통해 인간이 내리는 불확실한 결정과 그 한계를 지시한다.

옛날을 추억하거나 부재한 대상을 애도하는 데 그치지 않고, 승민은 자신의 삶 속에 여전히 살아 숨 쉬는 과거의 슬픔을 받아들이고, 그것을 자신의 일부로 간주한다. 인혁당 사건이라는 역사적 비극과 개인적 아픔을 겹쳐놓으면서, 소설은 어떻게 과거를 기억하고 현재를 반추하며 살아갈 것인가에 대한 질문 앞에 우리를 데려가 세운다.

(4) 잃어버린 대의를 추억하며: 「수민회」

수민회는 열정으로 가득했던 대학 서클이었다. 하지만 세월의 무게에 짓눌린 채 이제는 보잘 것 없는 유산처럼 이어질 뿐이다. 그러나 쇠락 속에서도 사라지지 않는 인간적 온기와 유대는 삶의 의미를 한 갈래로 해석할 수 있는 것이 아님을 실감하게 만든다. 지영에게 수민회는 형식적인 동문 모임이 아니라, 한 시절을 함께했던 사람들과의 연결이다. 그러나 그 연결은 시간이 흐르며 약해졌고, 모임의 구성원들 역시 현실 속에서 각자의 싸움을 이어가고 있다. 고 선배는 모임의 구심점이자 카리스마 넘치는 리더였지만, 지금은 화장지 영업 사원으로 생계를 이어가며 잃어버린 이상(소설에서 언급되는 "문화원 점거"는 1985년 5·18에 대한 미국의 책임을 규탄하기 위해 결행한 서울 미문화원 점거사건을 상기시킨다)과 먹고 살기 위한 현실 사이에서 비틀댄다.

그러나 자신을 "고릴라"라고 연호하는 이들의 호응에 힘입어, 고 선배는 과거의 활력을 되살리려는 듯 그 시절 운동권 노래를 부른다. 그 노래는 웃음을 자아내는 에피소드로만 그치지 않는다. 그것은 청춘과 맞닿아 있는 과거를 소환하고, 그들과 공유했던 대의를 다시 떠올리게 한다. 그럴 때 고 선배의 노래는 초라해진 현실 속에서 살기 위해 발버둥치는 자들을 연결하는 끈처럼 작용한다. 지영 역시 이를 체험한다. 모임은 더 이상 찬란하지 않다. 하지만 고 선배의 노래가 울려 퍼지는 순간, 사람들은 잠시나마 활기를 되찾는다. 언제나 삶이 이상적일 수는 없다. 이를 부인하기는 어렵지만 그 속에서 빚어지는 느슨한 연대와 작은 기쁨은 특별한 동력을 제공한다. 고 선배의 노래는 풍파 속에서도 꺼지지 않는 불빛처럼 대의를 잃은 시대를 홀로 비춘다.

열정으로 가득했던 청춘들이 세월의 무력감 속에서도 지켜낸 약한 연결. 비록 그것은 과거의 연대만큼 견고하지 않고 쉽게 사라질 수 있는 덧없는 것이지만, 그 연약함 속에 역설적으로 숭고한 가치가 내재한다. 고 선배의 노래는 시대의 대의를 되살리지는 못하지만, 대의를 기억하는 사람들은 아직 살아있음을 보여준다. 완전한 이상이 퇴색해 버린 시대를 살아가는 동안, 어떻게 서로를 붙들고 살아가야 하는지에 대한 하나의 대답으로서.

(5) 붕괴하는 세계의 초상: 「네모 쇼핑센터」

네모 쇼핑센터는 따뜻하고 평화로웠다. 김은주가 처음 이곳에 발을 들였을 때, 식당에서 음식을 준비하던 사람들은 마치 엄마처럼 느껴졌고, 건물 뒤 작은 마당은 도심 한가운데에서 숨 쉴 수 있는 쉼터 같았다. 쇼핑센터 사람들은 서로를 가족처럼 여기며 소박한 일상 속에서 정을 나눈다. 그러나 쇼핑센터는 철거될 운명에 놓였고, 거기에는 백화점이 들어설 예정이다. 익숙한 풍경이 사라지고 평화롭던 공간도 기억의 한 귀퉁이로 밀려나며, 모든 것이 변하는 순간 남쪽 바닷가에서 발생한 사고가 이야기를 비튼다. 사고의 중심에 있는 인물은 구원석이다. 그는 김은주가 속했던 세계의 붕괴와 새로운 길을 모색해야 하는 선택의 한가운데 서 있는 존재다.

남쪽 바다, 침몰, 구원. 이와 같은 단서에서 한국 현대사의 거대한 비극을 떠올리게 된다. 김은주가 택한 길은 세월호 참사를 둘러싼 트라우마와 구원파에 대한 서사적 행로를 암시한다. 그러나 이 소설도 소설집에 실린 다른 작품과 마찬가지로 실제 사건을 설명하거나 비판하려 하지 않는다. 오히려 참사가 남긴 흔적 속에서 개인이 무엇을 할 수 있었으며, 혹은 하지 말았어야 했는가를 질문한다. 결말은 그러한 긴장감을 끌어올린다. 은신은 김은주의 안전을 보장하지 않는다. 오히려 그것은 또 다른 불안정함의 시작이다. 그녀의 뒤를 쫓으며 자문해 본다. 이 선택이 정말로 구원을 의미하는가? 아니면 또 다른 속박에 발을 들여놓은 것인가? 산속으로의 도피는 외부로부터의 위협을 차단하는 듯 보이지만, 내면의 혼란을 더욱 가중시킨다. 그녀가 보좌해야 하는 구원석은 김은주 자신의 맹목과 무너진 세계의 잔재를 비추는 거울이다. 김은주는 구원석을 보호하고 책임을 다하려 하지만, 그 책임이 무엇을 위해 존재하는지 스스로도 명확히 이해하지 못한다.

철거된 쇼핑센터의 따뜻했던 기억과 바다에서 벌어진 사건의 참혹함 사이에서, 그녀는 자신이 붙들어야 할 것이 어떤 것인지 확신하지 못한 채 흔들린다. 이와 같은 흔들림은 개인의 우유부단함이 아니라, 무너진 세계 속에서 무엇을 지키고 무엇을 내려놓아야 하는지에 대한 실존적 고뇌를 증거한다. 붕괴된 믿음과 그로부터 벗어나려는 행위를 통해 개인이 감당해야 할 책임과 자유의 테마가 핵심인 것이다. 김은주는 자신이 감당할 수 없는 세계와 결별하려고 하면서도, 그 세계가 드리운 영향을 온전히 떨쳐내지 못한다. 그녀의 몰락은 개인의 실패담이 아니다. 선택의 불확실성, 그럼에도 불구하고 감당해야 할 책임의 무게가 섬뜩하게 자기 얼굴을 드러낸다.

(6) 상처, 견딤, 회복:「봄날의 바다」

은영의 삶은 외견상 단순해 보인다. 그녀는 학원에서 교재를 만들고 학생들을 가르치는 균질한 일상 속에서 하루하루를 산다. 하지만 은영의 삶 자체가 단순한 것은 아니다. 시험지 화면 위에 펼쳐지는 가로선은 그녀의 억눌린 감정을 끌어내는 통로이자, 그녀의 과거와 현재를 잇는 문이다. 그 선을 마주할 때마다 은영은 자신의 의지와는 상관없이 바다로, 그날의 아픔으로 끌려 들어간다. 바다는 은영에게 어린 시절 아버지를 잃은 장소로, 그녀의 무의식 깊숙이 자리 잡은 상처의 원형을 이룬다. 수평선은 과거와 현재를 나누는 경계선처럼 보이지만, 실상 그 선은 그녀의 삶을 잠식하고 있는 과거와의 연결점이다. 은영은 수평선을 지우려 애쓰지만, 그것은 밀물과 썰물의 자연스러운 운동성처럼 그녀의 마음에 작용한다.

은영이 현재 처한 상황 역시 그녀의 내면을 동요시킨다. 남편 민혁의 실직과 반복되는 가출, 책임감 없는 태도는 은영에게 또 다른 부담으로 다가온다. 민혁과의 결혼 생활은 그녀에게 안정을 주기보다는, 자신의 선택이 옳았는지 의문을 품게 만든다. 은영은 그러한 가운데 평범함에서 이탈할지도 모르는 자기 자신을 붙잡으려 애쓴다. 시험지에 수식을 입력하면서 그녀는 하루하루를 버티기 위한 작은 노력을 이어간다. 이럴 때 이것은 일상적인 노동이 아니라, 삶을 이어가기 위해 본인에게 부여한 은밀한 의식으로 승화한다. 그녀는 트라우마를 자신의 일부로 수용한다. 은영이 일상을 살아가는 모습은, 그녀가 과거의 상처를 지우는 것이 아니라 그것을 품고 살아가며 현재와 조화시키는 법을 배우고 있다는 사실을 증명한다.

생활하면서 느닷없이 떠오르는 아픔의 실체를 마주하고, 오히려 그 속에서 살아갈 힘을 궁리하여 찾아내는 모습. 그러기에 은영이 마주한 수평선은 그녀가 아직 닿지 못한 미래와 연결되어 있다. 그 너머에는 무엇이 있을지 알 수 없다. 그 너머를 향해 은영은 발걸음을 뗀다. 과거와 현재, 절망과 희망이 혼재된 채 살아가는 인간의 생애를 탐구하고, 누군가를 향한 애증이 어떻게 동시에 존재하는지에 대한 통찰을 제공한다는 말이다. 은영의 이야기는 우리가 살아가는 과정에서 맞닥뜨리게 되는 상처와 회복의 서사다.

(7) 용기에 대하여:「연분홍색 크림통」

노성현은 비밀이 있다. 바쁘게 사느라 간과되기 쉬운 정체성의 내밀한 탐구를 그에게 밀착하여 해볼 수 있다. 세탁공장에서의 사고 이후, 노성현은 자격증을 준비하며 일상의 루틴 속에서 자신의 자리를 찾으려 노력한다. 그러나 청소 일을 시작하고 겪게 되는 현실의 해프닝들은 그가 꾸려나가려는 삶이 얼마나 불안정한지를 드러낸다. 핸드폰을 잃어버린 사건, 머리카락이 빠지는 당황스러운 해프닝은 그의 내면 깊은 곳에 자리 잡은 세상에 대한 곤혹스러움을 상징적으로 보여준다.

조카 노준영과의 관계도 빼놓을 수 없다. 노성현에게 있어 그는 삶의 몇 안 되는 위안을 주는 존재이지만, 자기 정체성을 온전하게 되찾으려는 문제에 있어서는 좀처럼 지지를 얻어낼 수 없다. 노준영은 삼촌의 선택을 이해하지 못하고, 그것이 자신에게 미칠 영향을 두려워하며 갈등을 심화시킨다. 이러한 대립은 가족 간 갈등에 국한되지 않는다. 사회적 통념에 벗어나는 개인의 정체성을 구축한다는 것이 어떠한 난관에 부딪힐 수 있는가를 극명하게 보여주는 사례가 뒤이어 나온다.

제목이기도 한 연분홍색 크림통은 제모제를 머리카락에 발랐다는 희극적 소품으로만 기능하지 않는다. 바깥 표기와 안의 내용물이 어긋난 사물은 정체성의 혼란을 느끼는 노성현을 표상한다. 해당 사건 이후, 노성현은 자신의 정체성을 더 이상 억누르지 않고 있는 그대로 받아들여 살겠다고 결심한다. 단지 외형적 변화만 꾀하는 것이 아니다. 아무래도 스스로에게 거짓 같던 과거와 결별하고 진정한 자신으로 살아가겠다는 의지를 충실하게 반영한 결정이다. 노성현의 여정은 완벽하지 않다. 사실 어느 누가 그럴 수 있을까? 그럼에도 그는 본인의 선택을 후회하지 않을 담대함을 지녔다. 노성현의 서사는 우리가 본인을 어떻게 규정하는지, 이것이 위장은 아닌지, 그렇다면 근본적인 변화를 결심하는 과정에서 어떤 용기를 낼 수 있는지 곰곰 생각에 잠기게 한다.

나답게 산다는 것은 손쉬운 선언으로만 이루어지지 않는다. 온갖 역경에도 불구하고 이를 감내하며 살아갈, 조용하지만 확고한 의지에 바탕을 둔다. 노성현은 사회적 인정 속에서 자신의 자리를 찾으려는 것이 아니다. 모른 척하던 내면의 목소리를 인정하고 그것을 온전한 삶으로 확장 시키려고 애쓸 따름이다.

*

『네모 쇼핑센터』는 균열과 파열에서 생겨나는 질문과 그에 대한 다층적인 답변이다. 이 소설집에서 강애영은 저마다의

과업에 직면한 인물들의 행로를 각기 다른 방식으로 펼쳐 보인다. 그렇지만 전체를 아우르는 공통점은 있다. 이들이 상처, 견딤, 회복의 메커니즘을 모색하는 과정에서 자기 자신을 더욱 정확하게 알게 된다는 것이다. 이는 행복을 성취한다는 개념과는 무관하다. 나에 대한 진실을 알게 된다는 것이 평안을 보장하지는 않으니까. 오이디푸스 등 오히려 그 반대 사례를 훨씬 많이 거론할 수 있다. 다만 한 가지 분명한 점은 각 인물의 선택이 일견 소소해 보일지라도, 그 안에는 나름의 절실함이 담겨있다는 것이다. 전 생애를 건 도전, 성공만이 아니라 실패까지 긍정하면서 일곱 편의 단편은 그러는 동안 우연히 발견되는 인생의 낯선 의미를 리얼하게 전한다. 이를테면 노성현 어머니의 희한하지만 곱씹을수록 울림을 주는 말처럼. "비도 숨 쉬면서 온단다. (……) 그라제. 비도 오랫동안 내릴라믄 숨을 쉴 시간이 필요하제. 세상 이치가 다 그라제, 힘들어도 잠시 숨 쉴 시간이 필요하제."

작가의 말

나는 가끔 판타지를 꿈꾼다. 지구는 셀 수 없이 촘촘한 큐브로 이루어져 있어 각자의 세계에서 살아가다가 그 세계를 탈출하면 다음 세계가 기다리고 있을 것이라는.

비슷한 시기를 살아가는 많은 작가들이 비슷한 상상을 할 수도 있겠지만 나의 상상은 신의 세계를 탐구한다. 내게 있어 신은 헌터이다. 신은 부조리하다는 관점으로 이러한 상상을 자주 한다.

신은 자동프로그램으로 유지되는 푸른 별에 사냥을 나간다. 그는 구름 위나 어둠 깊은 곳에 숨어 낚싯대를 드리우고 조용히 기다린다. 영리한 동물들을 잡기 위해서는 조심해야 한다. 자칫 재채기라도 크게 할라치면 동물들이 동굴 속으로 숨어든다. 미끼는 필요하지 않다. 불안을 조금 뿌리고 기다릴 뿐이다. 그럼에도 가끔 프로그램에 오류가 생겨 지진이나 해일이 발생하여 생명체가 몰살당한다. 오류를 잡으려고 해도 변수가 워낙 다양해서 그저 저절로 복원되길 기다린다, 인내한다.

그러한 까닭에 나는 판타지 대신 재현의 글쓰기를 택한다.

최근에, 내가 겪은 고통이 굉장하다는 편견을 갖지 말라는 스승의 말을 되새겨 본다. 나는 다시 깨달았고 인정한다. 내 삶의 굴곡들이 그저 평범한 일이었다는 사실을.

세계는 전쟁 중이고 우리는 또다시 위험한 상황에 처했다. 경악하고 어이없는 일이지만 되풀이되었다. 미디어를 통해 재현된 극단의 날, 은 잊을 수 없는 망령을 되살렸다.

앞으로도 나는 재현을 시도할 것이다. 비존재 영역에 있던 이들을 현존의 세계로 불러올 것이다.

늘 그랬듯이 이번 작품집도 많은 이들과 가족들의 도움을 받았다. 특히 묵묵히 격려해 준 남편과 아이들에게 고마움을 전한다. 그동안에 새 식구가 둘이 늘었고 막내는 제 길을 찾아 부모로부터 독립했다.

마지막으로 출간을 허락해 준 실천문학사에도 감사를 드린다.

네모 쇼핑센터

2024년 12월 23일 1판 1쇄 찍음
2024년 12월 30일 1판 1쇄 펴냄

지은이 강애영
펴낸이·편집장 윤한룡
디자인 윤려하
관리·영업 이소연
홍보 고 우

펴낸곳 (주)실천문학
등록 10-1221호(1995.10.26)
주소 경기도 남양주시 퇴계원읍 퇴계원로 52 405호
전화 02-322-2161~3
팩스 02-322-2166
홈페이지 www.silcheon.com

ISBN 978-89-392-3162-7 03810

광주광역시 GWANGJU CITY 광주문화재단 Gwangju Cultural Foundation

이 책은 광주광역시, 광주문화재단의 지역문화예술육성지원사업으로
지원 받아 발간되었습니다.